나태주의
풀꽃 인생수업

일러두기

● 본문에 수록된 그림은 스웨덴의 국민 화가 칼 라르손(Carl Larsson, 1853년∼1919년)의 작품입니다.

● 이 책 『나태주의 풀꽃 인생수업』은 EBS 클래스ⓔ의 동명의 프로그램을 단행본화하였으나, 시간의 흐름에 따라 일부 덧붙여지거나 수정된 부분이 있습니다.

시가 인생이고, 인생은 한 편의 시다

나태주의
풀꽃 인생수업

나태주 지음

니들북

새봄을 기다리며

지난 2021년 초여름의 일입니다. EBS의 강연 프로그램인 클래스ⓔ에서 〈나태주의 풀꽃 인생수업〉이란 제목으로 20분짜리 연속 강좌 12회분을 촬영한 일이 있습니다. 그 당시는 아직 코로나19의 위협에서 완전히 벗어나지 못한 상태여서 여러모로 조심스럽게 방송 촬영을 했던 기억이 납니다.

무슨 이야기를 하면 좋을까 고민하다가 평소 제가 중고등학교를 찾아다니며 하던 문학 강연처럼 해 보면 어떨까 생각했습니다. 그러면서 그 이야기의 중심에 제 시 작품을 두고 제 인생 이야기도 조금 풀어내면서요. 그런 대략적인 구상과 의도로 이야기를 풀어가면서 비교적 즐겁게 촬영할 수 있었습니다.

그런데 출판사에서 그때의 강연 내용을 문장으로 풀어서 한 권의 책으로 내겠다고 합니다. 그것도 스웨덴의 칼 라르

손이란 화가의 아름다운 그림을 넣어서 책을 내겠노라 그럽니다. 나로선 사양할 일이 못 되지만 책을 읽어 주실 독자 분들에게 정말로 좋은 내용이고 유익한 내용인가 하는 것은 의문이기에 조금은 조심스러운 마음입니다.

하지만 오늘을 사는 젊은 청춘들이 무엇을 생각하고 무엇을 고민하는지에 강연의 포커스를 맞추었기에 나름 공감이 되고 조금이라도 도움이 되지 않을까 그런 생각을 해 봅니다. 내가 나의 시를 두고 꿈꾸고 바라는 대로 부디 이 책이 젊은 분들에게 정다운 마음의 편지가 되기를 소망합니다.

2025년 새봄을 기다리며
나태주 씁니다.

| 차례 |

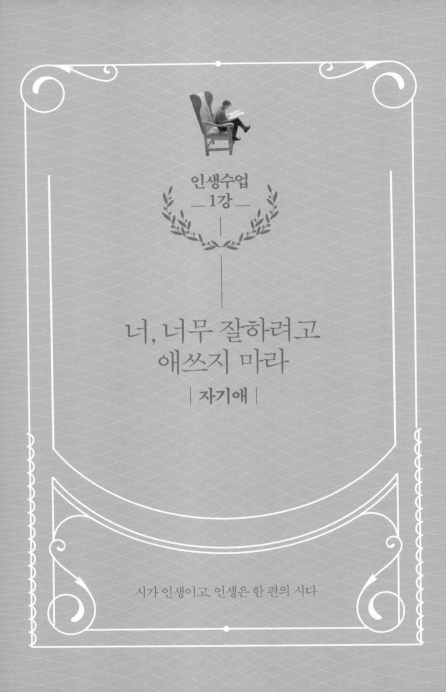

너, 너무 잘하려고 애쓰지 마라

| 자기애 |

「너무 잘하려고 애쓰지 마라」

너, 너무 잘하려고 애쓰지 마라

오늘 일은 오늘의 일로 충분하다

조금쯤 모자라거나 비뚤어진 구석이 있다면

내일 다시 하거나 내일

다시 고쳐서 하면 된다

조그마한 성공도 성공이다

그만큼에서 그치거나 만족하라는 말이 아니고

작은 성공을 슬퍼하거나

그것을 빌미 삼아 스스로를 나무라거나

힘들게 하지 말자는 말이다

나는 오늘도 많은 일들과 만났고

견딜 수 없는 일들까지 견뎠다

나름대로 최선을 다한 셈이다
나 자신을 오히려 칭찬해주고
보듬어 껴안아줄 일이다
오늘을 믿고 기대한 것처럼
내일을 또 믿고 기대해라
오늘의 일은 오늘의 일로 충분하다
너, 너무도 잘하려고 애쓰지 마라.

이 시는 요즘 세태에 어울리는 시입니다. 요즘 날씨가 너무 변덕스러워 힘이 듭니다. 더울 때는 너무 덥고, 추울 때는 또 너무 춥습니다. 비도 어떨 때는 너무 안 오다가, 어떨 때는 너무 많이 와서 문제가 되지요. 이게 대기가 불안정해져서 그렇다고 합니다.

얼마 전 우리 사회에 코로나라는 위기가 휩쓸고 지나갔습니다. 그때 느낀 심정은 모두 비슷했을 겁니다. 빨리 이 힘든 시간이 지나갔으면 좋겠다, 아니면 힘들고 지루한 시간을 '빨리 감기'하듯 돌려 버리고 싶다, 그렇게 힘든 시간만 골라내어 빨리 돌려 버릴 수 있다면 얼마나 좋을까요? 하지만 그것은 불가능한 일이고 우리가 할 수 있는 유일한 것은 기다리는 것뿐이었겠지요. 모든 것이 회복되기를 말입니다.

강연을 하러 다니다 보면 젊은 사람들을 만나 이야기를 들을 기회가 있습니다. 그런데 다들 많이 힘들고 고단해 보여요. 어떻게 살아야 할지 막막하다고 합니다. 그 마음이 무엇인지 너무나 잘 알기에 너무 안타까워요. 제가 시를 쓰는 사람이니 어떤 이야기가 힘이 될 수 있을까 고민을 하다가,

이런 시를 쓰게 되었습니다.

너 오늘로써 충분했고, 지금도 잘하고 있고, 괜찮으니,
너무 잘하려 애쓰지 마라.

우리는 때로 너무 잘하려고만 해서 힘들어지는 것이 아닐
까요? 잘하고 싶은 마음이나 노력, 의지, 목표 이런 것들도
중요하지만 때로는 이것으로 충분하다는 마음가짐도 살면
서 필요한 것이 아닌가 생각해 봅니다.

오늘 아침에도 저는 배가 무척 아팠어요. 나이가 들면 몸
이곳저곳이 아픈 것도 자연스러운 일입니다. 때문에 몸이 아
주 성한 것은 아니지만, 큰 문제가 있는 것은 아니니 이것으
로도 충분히 감사할 일입니다. 이처럼 그래도 감사할 일이
있다는 것이, 작은 소망이나 희망을 가질 수 있다는 것이, 그
래도 괜찮은 인생이라고 말할 수 있는 '근거'가 아닐까 생각
합니다.

제가 보기에 우리 모두는 이미 충분히 잘하고 있고 괜찮
은 사람입니다. 그런데 더 잘하고 싶고, 더 높은 곳만 바라보

우리는 때로 너무 잘하려고만 해서
힘들어지는 것이 아닐까요?

숙제하는 에스뵈른
Esbjorn Doing His Homework
1912

다 보니, 어느 정도 잘하고 있는데도 부족하다고 말하는 경우가 많습니다. 부디 더 잘하려고, 나보다 더 앞서가는 사람의 뒷모습을 바라보며 자신을 뒤떨어진 실패자라고 여기지 않았으면 좋겠습니다.

다시 제 이야기를 해 보면요. 저는 매일 모자를 쓰고 다닙니다. 제가 머리카락이 적은데, 강연을 다니며 사람들을 만나다 보면 그게 조금 신경 쓰입니다. 저는 머리카락이 많다면 답답한 모자를 매일 쓰고 다니지는 않을 거예요. 그런데 저는 머리카락 적은 것이 큰 문제라고 생각하지는 않습니다. 모자를 쓰면 되니까요. 뭐든 그런 식으로 생각하세요. 적당히 가리고, 적당히 보완하면서 살아가세요. 그런 것들은 긴 인생에서 정말 중요한 것이 아닐지도 모릅니다.

오늘날 많은 사람들이 지치고, 완전히 번아웃이 되어 더는 힘을 내기 어렵다고 고충을 토로합니다. 전 이렇게 이야기하고 싶어요.

이미 충분히 잘하고 있습니다.
더 잘하려 애쓰지 마세요.

이것이 제가 이 긴 이야기를 시작하며 드리고 싶은 첫 번째 부탁입니다.

● 부족하다고 해서 부족한 인생인 것은 아니다

저는 차가 없어요. 아주 오랫동안 그랬습니다. 가끔 일이 있어 공주에서 서울로 가려면 택시 타고 고속버스 타고 전철 타고 걸어서 가야 합니다. 가끔 사람들이 왜 아직도 차가 없느냐고 물어봐요. 그러면 저는 이렇게 대답합니다. 제 이름이 '나태주'라 그렇습니다.

그게 무슨 엉뚱한 소리냐면 제 이름인 '나태주'가 '나 좀 태워주세요.'의 줄임말이라는 거예요. 이 이야기를 누가 했느냐면 다름 아닌 초등학교 선생이던 시절에 가르치던 아이들이 한 말입니다. 언제부턴지 아이들이 제가 교실 앞을 지날 때마다 "나 좀 태워주."라고 하더라고요. 한 아이에게 그게 무슨 말인가 하고 물으니 줄이면 제 이름 '나태주'라는 겁니다. 짓궂은 아이들이 저를 놀린다고 지은 별명이지

우리는 이미 충분히 잘하고 있고
괜찮은 사람입니다.

필요한 독서
Required Reading
1900

만, 저는 그게 참 정겹게 느껴져서 좋았습니다. 내 이름이 그런 뜻도 될 수 있겠구나 싶었지요. 그래서 그 뒤로 저는 그 별명을 자동차 없이 사는 것에 대한 변명으로 삼고 있습니다.

바로 이겁니다. 객관적으로 좋은 상황은 아니에요. 나의 부족함을 드러내는 기분 나쁜 일이 될 수도 있겠지요. 그런데 그걸 나에게 좋은 쪽으로 바꿔 생각하는 거예요. 아이들이 저를 놀리려고 지은 별명을 제 맘대로 정겹다고 생각하는 거예요. 내 생각만 바꾸면 되니 얼마나 간단해요. 내가 부족하다고 생각하면 그건 부족함이 되고, 정겹다고 생각하면 정겨움이 되는 겁니다. 저는 후자를 선택하며 살아왔습니다.

저는 이제 나이가 많습니다. 아주 오랫동안 선생 노릇을 했어요. 우리 아버지의 꿈이 '선생님'이 되는 것이었습니다. 당신이 못 이룬 꿈을 나를 통해 이루려고 애쓰셨어요. 그렇게 초등학교 선생님으로 43년 3개월을 일했습니다. 또, 일을 하면서 계속 시를 썼어요.

그런데 시가 말입니다. 문학 장르에서는 마이너예요. 무슨 말이냐 하면, 출판사에서 문학 전집이 나오면 소설은 적어도 삼사백 페이지짜리 한 권이 통째로 들어가는데, 제 시는 한두 페이지가 들어갑니다. 그것도 누가 전집을 편집하는가에 따라 아예 들어가지 않는 경우도 있고요. 시인의 입장에서는 억울할 수도 있지요. 그런데 뭐, 저는 그것도 괜찮다고 생각했어요.

다른 이야기를 해 볼게요. 저는 사실 대학 선생이 되고 싶었어요. 그래서 고등학교를 졸업하고 통신 대학을 거쳐 교육대학원에 입학해 석사학위까지 받았어요. 그런데 제가 선생 노릇을 하고 싶었던 대학교에서 박사학위를 받아 오라고 하더라고요. 그럴 형편은 되지 않아서 그만뒀어요. 처음에는 속상한 마음도 들었어요. 그렇게 초등학교 선생이 되고, 교감이 되고, 교장이 되었습니다. 또, 한 가지 이야기를 해 보자면, 저는 시골에서 아주 오래 살았어요. 그런 시골 사람이 막상 도시에 갔을 때 얼마나 스스로 부족해 보였겠어요. 다들 어찌나 매끈하고 말도 세련되게 잘 하는지, 그에 비하면 저는 키도 작고 좀 찌그러진 부족한 사람 같았지요. 이것도 일종의 부족함입니다.

이런 이야기를 하는 것은, 그 결핍이 저에게는 도움이 되었다는 겁니다. 부족하기 때문에 시 쓰는 사람이 됐어요. 자신을 부족하다고 느끼는 그 마음이 무엇인지 너무 잘 알기에, 되레 너무 애쓰지 않아도 된다거나 충분히 잘했다는 이야기도 해 줄 수 있는 거예요. 제 나이 팔십이 넘었지만, 아직도 저를 찾는 사람들이 많아요. 제가 초등학교 교장도 했고, 문화원장도 지냈지만, 그런 것들 때문에 사람들이 저를 찾는 것은 아니겠지요. 제가 시를 썼기 때문에, 제가 여러분이 듣고 싶어 하는 이야기를 갖고 있기 때문에, 제 이야기를 듣고 싶어 하는 것이겠지요.

지금에 와서 하는 이야기지만 대학교도, 고등학교도 아닌 초등학교 선생을 했다는 사실에 감사합니다. 그 덕분에 제 말법이 쉬운 편입니다. 초등학교 선생을 했기 때문에 아이들도 읽을 수 있는 시를 쓰게 된 것이 아닌가 싶어요. 시라는 게 어디 벽장 속이나 금고에 감춰 둔 비밀스러운 것이 아닙니다. 누구나 소통할 수 있고, 누구나 이해할 수 있는 언어로 써야 해요. 그래야 감동을 줄 수 있어요. 감동이 있어야 아주 작은 것이라도 바꿀 수 있겠지요. 사람들이 제 시를 찾는 이

쇠데르만란드 함마르뷔 교구의 풍경
Hammarby Parish, in Södermanland County
1917

유도 그래서 아닐까요? 그런데 이러한 쉬운 말법은 아이들에게서 배운 것이니 초등학교 선생을 해서 제가 덕을 봤다고 할 수밖에요.

제가 시골에 오래 살았다고 했지요. 그것도 마찬가지입니다. 도시에 살면 얼마나 부대끼는 일이 많나요? 하지만 시골은 편안하고 자연스럽지요. 친자연적인 제 시세계도 그런 덕분이 아닐까 생각해요. 여러모로 부족하고 찌그러진 구석도 있지만, 그런 결핍을 인정하고 편안하고 자연스럽게 살아왔기 때문에 지금의 '나태주'가 된 것 같아요. 자동차가 없는 것도, 내 발로 열심히 걸어 다니며 산 증거라고 생각해요.

사람은요. 다리가 튼튼해야 합니다. 걷는다는 것이 그만큼 중요해요. 제가 가장 두렵게 생각하는 것 중 하나는 걷지 못하는 것입니다. 원하는 곳에 내 스스로 걸어가지 못하는 것, 그게 얼마나 큰 공포인가요? 저는 나이가 아주 많습니다만, 걸어 다니기 때문에 지금과 같은 마음가짐으로 살 수 있는 게 아닐까 생각합니다. 있는 자동차를 팔고 저처럼 걸어 다니라는 뜻이 아닙니다.

그냥 나에게 부족하거나 마이너하게 느껴지는 부분이 있다면, 그것을 나에게 좋은 쪽으로 바꾸어 생각하며 살다 보니 그게 정말 좋게 되는 순간이 오더라는 말입니다.

● 나의 세 가지 소원

열다섯 살 때 제게 세 가지 소원이 있었습니다. 첫 번째는 시 쓰는 사람이 되고 싶다는 소원이었습니다. 그런데 여전히 쉽지 않아요. 시인은 현재 진행형입니다. 시를 쓰는 가운데에만 시인이 될 수 있지요. 과거에 시인이었다고 해서 지금도 시인은 아닙니다. 그래서 시 쓴 지 오십 년이 넘었지만, 아직도 시 쓰는 사람이 되는 게 쉽지 않아요.

두 번째는 예쁜 여자에게 장가가고 싶었습니다. 이미 이루었지요. 마지막으로 공주에 살고 싶었어요. 제가 지금은 공주에 살고 있지만, 제 원래 고향은 서천입니다. 그래도 공주에 사십 년 이상 살았는데, 공주 사람들이 저를 진짜 공주 사

람이라고 인정하지 않는 거예요. 공주에 사는 서천 사람이라
고 말합니다. 오기가 생겨서 공주 문화원장에까지 출마했어
요. 서천 사람이 공주 문화원장까지 지냈으니, 이제는 어쩔
수 없이 공주 사람이 되었다고 인정할 수밖에 없겠지요. 어
쨌거나 지금은 세 가지 소원을 다 이루었으니 충분하다고 생
각하며 살아가고 있습니다.

　일본 메이지 유신 때 클라크 박사라는 사람이 일본의 젊
은이들을 모아 놓고 이런 말을 했다고 해요.

　　"소년이여, 대망을 가져라
　　(boys, be ambitious in christ)."

　저도 열다섯, 열여섯 즈음에는 그런 말을 들으며 자랐어
요. 그때는 몰랐는데 이게 지나고 보니 아주 불편한 말이더
라고요. 여러분, 너무 큰 꿈을 꾸지 마세요. 이루지 못하는 꿈
에 좌절하고 그래서 자신을 탓하지 마세요. 저는 이렇게 바
꿔 말하고 싶어요.

소년이여.

네가 이루고 싶은 조그만 꿈을 가져라.

보다 구체적인 꿈을 가져라.

그리고 그 꿈을 끝내 꼭 이루도록 하라.

이게 제 첫 강의 핵심입니다.

자세히 보아야
예쁘다

| 자존감 |

시가 인생이고, 인생은 한 편의 시다

「풀꽃 1」

자세히 보아야
예쁘다

오래 보아야
사랑스럽다

너도 그렇다.

「풀꽃 2」

이름을 알고 나면 이웃이 되고
색깔을 알고 나면 친구가 되고
모양까지 알고 나면 연인이 된다
아, 이것은 비밀.

43년 3개월, 그 오랜 기간 초등학교 선생으로 살았습니다만 저는 때로 선생이란 직업이 곤혹스럽기도 했습니다. 초등학교 선생은 혼자서 모든 과목을 다 가르칩니다. 그런데 제가 운동신경도 부족한 편이고, 음악이나 그림 실력도 자신이 없었습니다. 특히, 체육 시간만 되면 곤란했습니다. 사실 과학 수업도 썩 자신 있는 편은 아니었지요. 그래서 되는 대로 했습니다. 지금 생각하니 그때 아이들에게 조금 미안해지네요.

그래도 '기본은 하자'라고 생각했어요. 최소한 교과서는 떼어주자고. 그래서 열정적인 요즘의 젊은 선생님들을 보고 있자면, 그때의 부족한 제 모습이 떠올라 얼굴이 붉어집니다. 그런데 변명을 해 보자면 이렇습니다.

저는 시인이었습니다. 늘 시를 썼고, 때문에 초등학교 선생이 본업이자 직업이라 생각하지 않고, 그저 직업이라 생각하고 살았습니다. 저에게는 느지막이 가정을 이뤄 부양할 가족도 있었고, 돈을 벌어야 하니 생계인 직업을 포기할 수는 없었거든요.

• 자세히, 오래 봐야 보이는 것들

좀 더 솔직하게 말해보자면, 저는 시 쓰는 사람이고 싶었습니다. 그래서 이런 변명을 늘어놓으며 살았어요. 선생은 내 직업이고, 시인은 나의 본업이다. 궤변입니다. 먼저, 시 쓰는 것은 직업이 될 수 없어요. 왜냐하면 시 쓰는 일만 해서는 생계를 유지하기 힘들기 때문입니다. 통계 조사에 따르면 수입이 가장 낮은 직업이 시인과 수녀랍니다. 시인과 수녀가 직업으로 분류될 수 있을지는 모르겠지만, 직업으로 분류하여 수입을 계산해 보니 그렇답니다.

그런 상황이다 보니 전업으로 시만 쓰기는 힘들다고 생각했지요. 꼭 그것 때문만은 아니지만, 저는 선생이란 직업을 끝까지 놓지 않았습니다. 그렇게 끝까지 놓지 않으니 교감이 되고, 교장이 되고, 장학사까지 하게 되더라고요.

그런데 저는 교직에 있는 43년 동안 한 번도 수업을 놓은 적이 없었습니다. 교감일 때나, 교장일 때도 마찬가지로 수업을 했어요. 보통 교장이 되면 수업을 하지 않는 경우가 많은데, 저는 그러고 싶지 않았어요. 아이들과 가깝게 지내

오래 봐라. 그리고 자세히 봐야 예쁘단다.
아, 이것은 삶의 비밀!

화단에 있는 브리타
Brita in the Flowerbed
1897

고 싶었습니다. 그게 제 교직 생활의 가장 큰 보람이었으니까요. 평교사 시절처럼 자주 수업을 할 수는 없었지만, 아이들에게 필요한 것이 어떤 것일지 늘 고민했습니다. 그래서 그때 어떤 수업을 했느냐면, 아무 주제가 없는 수업이었습니다.

3학년부터 6학년까지의 아이들을 모두 모아 놓고 학년과 상관없이 특기와 관심사에 맞는 공부를 해 보자는 취지로 일주일에 하루는 무학년제 수업을 한 것이지요. 일주일에 2시간, 목요일 5교시부터 6교시까지 이어지는 수업이었습니다. 그런데 간혹 아이들 중에 이것도 저것도 싫다고 하는 개성이 뚜렷한 아이들이 있어요. 들어가고 싶은 반이 없다는 거예요. 그래서 저는 그런 아이들을 모두 저에게 보내라고 했어요. 그런 아이들을 모아 놓고, 책도 읽고, 노래도 부르다, 가끔 옛날이야기도 하고, 글도 쓰다, 날이 좋으면 밖에 나가서 그림도 그리곤 했어요.

그림 도구도 별게 없었지요. 미술반도 아니니 당장 동원할 수 있는 도구가 연필과 복사지라서 그냥 거기에 연필그림을 그렸어요. 제 이야기를 하나 더 하자면 초등학교 때 제 꿈이 화가였습니다. 하지만 이루지 못하고, 중년에 와서 연필그림을 시작했어요. 그런데 저는 그림 실력이 썩 뛰어난 편은 아닙니다. 그런 사람이 그림을 잘 그리려면 어떻게 해야 할까요? 자세히 보아야 합니다. 그리고 오래 보아야 하기도 하고요. 그래야 비로소 그림이 그려져요.

저는 A4 크기 종이를 채우는 데도 한 시간이 필요한 사람입니다. 우선 자세히 봅니다. 그리고 오래 봐요. 그리려는 대상이 내 눈에 확연히 보이고, 내 마음에 들어오면 그제서야 겨우 선 하나를 긋기 시작해요. 그러면 놀랍게도 눈앞에 피어 있던 제비꽃이 사라지고, 그 제비꽃이 나를 통해 종이 위로 옮겨 갑니다. 그런 순간들이 마법 같지요. 세상에 피어 있던 제비꽃이 나로 인해 종이로 옮겨갔다! 얼마나 재미있어요? 내 입장에서는 눈앞에 피어 있는 이 꽃이 가짜고, 내 종이 위에 핀 꽃이 진짜인 거예요.

그렇게 아이들에게 그림을 그리라고 해놓고 저도 아이들과 함께 뜨락에 나가 그림을 그렸어요. 그런데 아이들이란 어떤가요? 뭐든 빠르게 하려는 경향이 있지요. 그림을 그리라고 하면, 몇 분도 안 되어 그림을 그려 가지고 와요. 그래서 보면 완전히 제멋대로입니다. 하나도 닮아 있지 않아요. 뭘 그렸는지 한참을 봐야 할 때도 있지요. 왜 그럴까요? 머릿속에 들어 있는 개념대로 그려서 그런 겁니다. 이게 중요합니다. 실제 꽃을 보는 것이 아니라, 자기 머릿속에 있는 관념대로 바라보는 거예요.

나는 이제 선을 그리기 시작했다.
자세히 봐. 그리고 오래 봐라. 자세히 봐야 예쁘다.
알았지?

그럼 그때, 이렇게 잔소리를 하는 겁니다. 원래 선생이라는 게 잔소리하는 직업입니다. 부모도 마찬가지예요. 그런데 잔소리를 자꾸 하면 아이들이 지레 포기하거나 귀찮아할까 걱정하는 부모들도 더러 있는데, 아이들이 그렇지가 않아요. 제가 "다시 그려보자." 하면 "알겠어요, 선생님." 하고 아무렇지 않게 있던 자리로 돌아가서 다시 그림을 그립니다. 그 모습이 얼마나 귀엽던지요.

콩나물시루에 물을 주면 다 빠져나가는 것 같지만, 어느 순간 콩나물이 자라 있습니다. 우리 아이들이 그래요. 시루에 콩을 놓고, 채반을 받쳐 놓고, 물을 주는 거예요. 처음에는 물이 그냥 주룩주룩 빠져나가는 것 같지만, 어느 순간 콩나물이 자라 있습니다. 우리는 이런 것을 믿어야 해요.

세상이 점점 나빠지기만 하는 것 같아도,
어느 쪽에서는 좋아지는 곳도 있다.

이런 희망을 가지고 살아가야 해요. 아이들이 내 말을 알아듣지 못하고 흘려보내는 것 같지요? 알게 모르게 흡수해서 콩나물처럼 쑥쑥 자라고 있다고 믿어야 해요. 그러니까 "알았어요, 선생님." 하고 돌아가는 그 아이의 뒤통수가 저에게 얼마나 귀엽고, 사랑스럽고, 예쁘게 느껴졌겠습니까? 그래서 제가 그때 그 뒤통수에다 대고 이렇게 말했어요.

"(자세히 봐야 예쁘단다)너희들도 그래!"

아이들이 그림을 가지고 올 때마다 그렇게 수없이 되풀

꽃이 핀 모습이 어떤가요?
참 좋다, 이 말이지요.

에스뵈른
Esbjorn
1908

이한 거예요. 그렇게 그림을 다 그리고 교장실로 돌아왔는데, 아까 했던 그 이야기가 계속 머릿속에 맴돌았어요. 그 이야기를 버리기가 아까운 거예요. 그래서 복사지에 이렇게 썼어요.

> 자세히 보아야 예쁘다
> 오래 보아야 사랑스럽다
> 너도 그렇다.

　그리고 제목을 '풀꽃'이라고 지었어요. 그렇게 그 시를 넣어 2002년도에 시집을 냈는데, 그걸 많은 사람들이 좋아했습니다. 그리고 10년 뒤인 2012년에는 광화문 글판에 올라갔습니다. 광고 사용료는 얼마 받지 못했지만, 그 파급효과가 놀라웠습니다. 전국민이 다 봤어요. 오늘날의 제가 된 것입니다. 그게 다 '풀꽃'의 효과입니다.

　그런데 그 시의 어느 대목이 그렇게 감동을 주었을까요? 학교에 강연가서 아이들에게 가끔 물어봅니다. 어른들은 똑같이 물어도 이것저것 재고 따지느라 꾸물거리며 쉽게 대답

하지 못하는데, 아이들은 바로 대답해요. 묻는 말에 공처럼 바로 튀어나옵니다.

'너도 그렇다.'입니다.

만약 '나만 그렇다.'라고 했다면 어땠을까요? 분명히 이 자리에 오지 못하는 사람이 되었을 겁니다. '너도 그렇다.'라고 했기 때문에 제 이야기가 수없이 많은 사람들의 마음에 가 닿았을 겁니다. 단지, 그 한 글자 차이입니다. '나만'에서 '너도'로 갔다는 것.

요즘 이건 누구 하나만의 문제가 아니라, 우리 시대 많은 사람들이 똑같이 겪고 있는 문제입니다. 혼란스러운 시대를 거쳐 오는 동안 많은 사람들이 '나만 그렇다.'라고 생각하며 살아왔어요. 그런데 오늘날에 이르러보니, 여러 가지로 윤택하고 넉넉해지고 마음이 여유로워지고 나서 보니 이제는 '너도 그렇다.'라고 말하고 싶어진 거예요. 바로, 자리이타(自利利他)입니다. 나한테도 이롭고 너한테도 이롭다, 입니다.

• 기죽지 말고 꽃을 피워봐

「풀꽃 3」

기죽지 말고 살아봐
꽃 피워봐
참 좋아.

이번에는 「풀꽃 3」에 대해서 이야기해 보려고 합니다. "기죽지 말고 살아봐." 이건 누구에게 한 이야기일까요? 물론, 기죽은 사람에게 하는 말입니다. 누구나 기죽을 수 있어요. 그렇지만, 그럼에도 기죽지 말고 살아달라고 그 사람한테 하는 부탁입니다.

기죽지 말고 꽃을 피워라.

꽃은 겨울을 보낸 다음에 피어나는 것입니다. 기죽을 만한 일이 있었던 사람이, 그래도 기죽지 않고 당당하게 일어설

때 꽃피울 수가 있는 것이지요. 꽃이 핀 모습이 어떨까요? 참 좋다, 이 말이지요.

여러분, 힘든 일이 있더라도, 잠시 실망했더라도, 기죽지 말고 사세요. 살다 보면 좋아지지 않을까요? 꽃을 피우는 순간이 있지 않을까요? 좋은 세상이 있지 않을까요? 이건 자존심의 문제입니다. 더 나아가 자존감의 문제이지요.

자존감이란 게 뭡니까? 스스로를 높이는 마음입니다. 자기를 높이는 사람은 남도 높일 수 있어요. 다른 사람을 인정하는 거예요. 하지만 자존감이 낮으니까 자꾸 '나만 그렇다.'라고 하는 이기심이 생기는 거예요. 자존감이란 건 남과 비교하지 않고 나 스스로가 나를 인정하고 높이는 마음입니다. 그리고 사람들과 어울려 살면서 상대적으로 나를 높이는 마음이 자존심입니다. 그러니까 자존심과 자존감은 다른 것이지요.

스스로 자기를 낮추지 마십시오.
그만하면 당신은 괜찮은 사람입니다.
오늘로 충분했어요.

자기 자신을 너무 들들 볶지 마십시오.

잘하고 있어요. 조금만 더 해보세요.

좀 더 참고, 좀 더 가다 보면, 발걸음이 무겁겠지만

그 발걸음을 조금씩 달래면서

한 발짝 한 발짝 옮기다 보면

진정 좋아지는 순간이 올 것입니다.

울프. 자작나무 숲에서 발가벗고 있는 소년
Ulf. Nude Boy Among Birches
1898

인생수업
— 3강 —

꽃을 보듯
너를 본다
| 결핍 |

시가 인생이고, 인생은 한 편의 시다

「혼자서」

무리지어 피어 있는 꽃보다
두 셋이서 피어 있는 꽃이
도란도란 더 의초로울 때 있다

두 셋이서 피어 있는 꽃보다
오직 혼자서 피어 있는 꽃이
더 당당하고 아름다울 때 있다

너 오늘 혼자 외롭게
꽃으로 서 있음을 너무
힘들어 하지 말아라.

앞에서 제 마이너한 인생에 대한 이야기를 했는데, 그것에 이어 결핍에 대해서도 이야기해 보고 싶습니다. 몇 년 전, 제주도에 있는 중학교에 강연하러 갔다가 크게 감동한 적이 있습니다. 아이들의 강의 태도가 얼마나 열의에 차 있던지요. 보통 그런 학교들은 선생님이 미리 시를 읽어 주고, 가르치고, 오랫동안 시에 대해 같이 생각하고 이야기했던 곳입니다. 시라는 게 결국 마음의 문제고, 정성의 문제고, 느낌의 문제이니까요.

그런데 그 시기의 아이들은 흔히 질풍노도라 해서 감정이 파도처럼 거세고 말처럼 겅중겅중 뛴다고 합니다. 그렇게 감정이 거센 시기에 시가 들어가니 아이들이 되레 잔잔해지고 깊어지는 걸 느낍니다. 강연을 마치고 아이들에게 사인을 해 주고 있을 때였습니다. 저는 아이들에게 사인을 해 줄 때, 대화를 합니다. 아이의 이름을 묻고, 좋아하는 시 구절을 물어 적어 주기도 합니다.

그런데 한 아이가 「풀꽃」의 구절이 담긴 종이를 가만히 쥐면서 "너무 좋아서 가슴이 떨려요." 하는 거예요. 이런 이야기를 들으면 제 마음도 같이 떨립니다. 그 아이가 좋다고 하는데, 제가 더 좋고 행복한 거예요. 이런 경험을 할 수 있는 사람이 얼마나 될까요? 나는 아이들에게 내 이야기를 해 줄 수 있어서 진심으로 기쁘고 감사합니다.

계속 사인을 하고 있는데 또 한 아이가 제 앞에 서더니 "제가 선생님 시 하나를 외울 수 있습니다."라고 하길래, 웃으면서 그래 한번 외워 봐라 했어요. 그런데 그 시가 「혼자서」였습니다. 아이의 목소리로 그 시를 들으니 마음이 뭉클해졌습니다. 몇 학년이냐고 물으니, 2학년이라고 합니다. 이 시에서 어느 대목이 제일 좋았느냐고 물으니 끝 대목이 좋다는 거예요.

너 오늘 혼자 외롭게
꽃으로 서 있음을
너무 힘들어 하지 말아라.

아이를 가만히 보다가 그 구절이 왜 좋았느냐고 물으니, 그 대목이 자신을 표현하는 것 같았답니다. 너도 힘드냐고 물으니, 그렇답니다. 그 순간 저도 울컥했습니다. 그 아이는 전교회장을 할 정도로 야무진 아이였습니다. 그런 녀석도 사는 것이 쉽지 않다는 겁니다. 한편으로는 놀랐습니다. 우리가 가장 견디기 힘든 순간은 나만 힘들다는 생각이 드는 때입니다. 그러나 다른 사람도 비슷하다는 것을 알면 조금 나아져요. 우리는 지금 누구나 다 힘들고, 어렵고, 괴롭고, 불안하고, 조금은 우울합니다.

한번 생각해 볼 필요가 있어요. 나 자신에게 결핍된 부분이 있다면, 모자란 부분이 있다면, 찌그러졌다고 생각되는 부분이 있다면, 무조건 숨기려고 하는 것이 아니라 당당하게 드러내 아름답게 빛낼 수 있도록 바꿔보는 것은 어떨까요.

● **달리 보면, 달라 보여**

제가 스물여섯에 막 시인이 되었을 때, 선배 시인에게 이런 이야기를 들었습니다. 당신이 젊은 시절에 폐병에 걸려 죽다 살아난 적이 있대요. 그 당시 폐병은 걸리면 정말 죽는 병이었어요. 한동안 우리를 그토록 두려움에 떨게 하던 코로

샌드위치를 먹는 브리타와 고양이
Brita with a Cat and a Sandwich
1898

나보다 무서운 병이었어요. 그런데 그 선배 시인이 이렇게 말했어요.

살아난다는 보장만 있다면, 젊어서 죽을병에 한번 걸려 보는 것도 나쁘지 않겠다.

당시엔 그게 무슨 얘긴지 못 알아들었어요. 아니, 아무리 그래도 그렇지, 무슨 말씀을 그렇게 하시나, 어린 마음에 그렇게만 생각했습니다. 그런데 나중에 가만히 생각하니 그게 인생의 본질에 닿아 있는 말이었습니다. 물론, 전제조건은 '살아난다는 보장만 있다면'입니다. 그런 게 과연 가능할지는 모르겠지만 말입니다. 어찌됐든 '살아난다는 보장만 있다면' '젊어서' '죽을병'에 걸려보는 것도 괜찮다는 거예요. 그게 무슨 뜻이냐면, 사람이 죽을 위기를 겪고 나면 그 이후의 삶이 완전히 달라진다는 겁니다.

시인 보들레르가 이런 말을 했어요.

시인은 회복기 환자의 눈을 가져야 한다.

지금 여기에 병 걸렸다 나은 사람이 있다고 합시다. 가벼운 감기몸살 때문에 일주일을 꼬박 앓아누웠습니다. 그런데 몸이 회복되어 밥을 먹고 난 뒤 밖으로 나가면 어떤 기분이 들까요? 하늘은 눈부시고 모든 것이 아름답게 느껴질 겁니다. 그런 삶을 노래하는 것이 시다. 보들레르가 그렇게 말하고 있는 것이지요.

이처럼 '회복기의 삶'이란 그 전의 아팠던 시기, 즉 '실패'나 '결핍'이 있었다는 것을 전제로 하는 것입니다. 처음에는 좋지 않게 시작했으나, 후에 점차 좋아졌다는 것이지요. 마이너에서 메이저로 나아갔다는 겁니다. 그렇다고 일부러 나빠지라는 것은 아니예요. 현재 자신의 형편이 좋지 않다면, 곧 좋아질 거라고 생각하며 살자는 뜻입니다.

제가 오늘 아침 배가 아파서 소화제를 먹고 나왔습니다. 그런데 지금은 많이 좋아졌어요. 그래서인지 기분이 평소보다 좋습니다. 이처럼 아침에는 아팠지만 오후에는 회복하는 것이 좋습니다. 아침에 괜찮았다가 갑자기 아픈 것보다는 그 편이 낫지요. 저는 이것을 '결핍의 축복'이라고 말하고 싶어요.

결핍이 어떻게 축복이 될 수 있는가? 사실 결핍은 저주입니다. 마이너하고 힘든 거예요. 그런 걸 원하는 사람은 없습니다. 그럼에도 불구하고 살다 보니 결핍이 우리 인생에 축복이 될 수도 있더라는 말입니다.

지금 자신이 마이너하다고 생각하시나요?
아니면 부족하다고 생각하시나요?
혹은 자신의 것을 잃었다고 생각하고 계시나요?
때문에 분하고 억울하다 생각하시나요?
그보다는 자신에게 좋은 방향으로 바꾸어 생각하며,
그 방향을 향해 나아가라고 말씀드리고 싶습니다.

저는 날마다 어느 곳인가 아픕니다. 아침에 일어나면 일단 배가 아파요. 그러면 저는 이렇게 생각합니다. 그래도 내가 살아 있으니 배가 아픈 걸 느낄 수 있구나! 죽은 사람은 아플 일도 없지요.

제가 15년 전에 정말 죽다 살아난 적이 있어요. 병명은 '담즙성 범발성 복막염'이었습니다. 쓸개즙이 원인이 되어 뱃

저녁 식사
The Evening Meal
1905

속에 염증을 일으킨 것입니다. 의사들은 하나 같이 '수술 불가' '치료 불가' '회복 불가' 판정을 내렸습니다. 살아날 확률이 10만 분의 1이래요. 공주 인구가 11만 명인데 그중 10만 명이 쓸개가 터지면 그중에 딱 하나가 살아남을 확률입니다. 그건 확률이 아니지요. 그냥 사망 선고예요.

그런데 지금 제가 살아 있습니다. 그 뒤로 저는 이렇게 생각합니다. 배가 아픈 것도, 내가 살아 있으니 느낄 수 있는 것이다. 이런 식으로 생각하면 어떤 상황이든 훨씬 낫게 느껴집니다. 통증을 가라앉히기 위해 따뜻한 물도 마시고, 가볍게 체조를 하며 아침 일과를 시작하면 어느새 아픈 증상도 옅어져요. 계속해서 이런저런 노력을 하다 보니, 저 나름대로 괜찮은 하루를 보냅니다. 그러니 지금 혹시 힘든 상황에 처해 있다면, 좋은 날이 올 것이라는 희망을 가지며 살아가시길 바랍니다.

코로나 때 하늘이 맑아졌다고 합니다. 그러자 사람들이 무지개가 떴다고 신기해하며 무지개 사진을 찍어 여기저기 올렸어요. 옛날에는 흔하던 무지개가 왜 사라졌을까? 스모그도 문제지만 비행기 매연 때문에 그렇다고 합니다. 그런데 비행기가 뜨지 못하니 하늘이 맑아진 거예요. 인생에는 이런 반작용도 있다는 말입니다.

● 겨울 다음은 봄

제가 교감으로 근무할 때, 그때도 저는 걸어 다니며 버스로 출퇴근을 했습니다. 출근할 때는 버스에서 내려 20분을 더 걸어 들어가야 했어요. 그 길에 양옆으로 딸기 하우스들이 모여 있었습니다. 당시 저는 논산이란 곳에 있었는데, 그 동네가 딸기로 아주 유명했어요. 그런데 어느 날 보니 비닐하우스를 모두 걷었더라고요. 그때가 11월이었는데 날씨가 제법 쌀쌀했습니다. 그래서 '딸기들이 저렇게 찬바람을 쐬어도 될까?' 궁금해하며 그 길을 걸었습니다. 그런데 일주일이 넘도록 비닐하우스를 걷은 채로 딸기를 그냥 두는 거예요. 궁금해서 마침 근처에 있던 농부들에게 가서 물었습니다.

"비닐하우스를 걷어 놓으면 딸기들이 춥지 않겠습니까?"

그랬더니 글쎄, "지금 딸기를 재우는 중입니다."라는 답이

겨울이 왔다 가야 봄이 옵니다.

리스베스와 벚꽃
Lisbeth and Cherry Blossom
연도미상

돌아왔습니다. 그게 무슨 소린가 하니, 지금 딸기가 너무 크게 자라서 꽃을 피울 때가 다 됐는데 꽃을 피우지 않고 늑장 부리고 있다는 거예요. 그래서 딸기들이 꽃을 피우게 하려고 비닐하우스를 걷었답니다.

딸기가 일주일간 찬 바람을 맞으면 겨울이 왔다고 착각해 부들부들 떤답니다. 결핍이 오는 거예요. 그때 농부가 다시 비닐하우스의 비닐을 덮어줍니다. 그러면 이 녀석들이 속는다는 거예요. 겨울이 왔다가 갔다. 겨울 다음이 무엇입니까? 봄입니다. 호된 추위를 겪고 난 딸기는 봄이 왔다고 착각해 서둘러 꽃을 피우고 열매를 맺는다는 것이지요. 딸기 한 알도 공짜로 얻어지는 것은 없습니다.

고난을 겪고 꽃을 피워 우리에게 오는 것이지요.

지금 겪는 고난 덕분에 다소 억울하고 화가 나더라도, 조금 더 참고 견디면서 언젠가 이 고난이 우리에게 좋은 것을 쥐여 준다는 사실을 믿으시길 바랍니다. 그 증거되는 사람이 바로 접니다. 저는 여러 가지로 모자란 사람입니다만, 이렇게 살아 있습니다. 살아날 확률 10만 분의 1로, 죽을 수밖에 없는 상황 속에서도 이렇게 살아났습니다. 그러니까 이런 이야기도 할 수 있는 것이지요.

여러분의 고난 속에도 결핍의 축복이 있기를 바랍니다. 그 끝에 잘 살았다, 좋았다는 이야기로 마무리할 수 있기를 바랍니다.

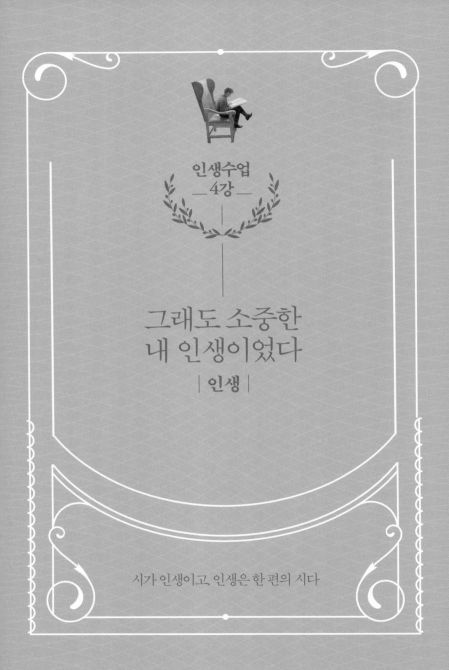

인생수업
— 4강 —

그래도 소중한
내 인생이었다
| 인생 |

시가 인생이고, 인생은 한 편의 시다

「오늘의 약속」

덩치 큰 이야기, 무거운 이야기는 하지 않기로 해요
조그만 이야기, 가벼운 이야기만 하기로 해요
아침에 일어나 낯선 새 한 마리가 날아가는 것을 보았다든지
길을 가다 담장 너머 아이들 떠들며 노는 소리가 들려 잠시
발을 멈췄다든지
매미 소리가 하늘 속으로 강물을 만들며 흘러가는 것을 문득
느꼈다든지
그런 이야기들만 하기로 해요

남의 이야기, 세상 이야기는 하지 않기로 해요
우리들의 이야기, 서로의 이야기만 하기로 해요
지나간 밤 쉽게 잠이 오지 않아 애를 먹었다든지

하루 종일 보고픈 마음이 떠나지 않아 가슴이 뻐근했다든지
모처럼 갠 밤하늘 사이로 별 하나 찾아내어 숨겨놓은 소원
을 빌었다든지
그런 이야기들만 하기로 해요

실은 우리들 이야기만 하기에도 시간이 많지 않은 걸 우리는
잘 알아요
그래요, 우리 멀리 떨어져 살면서도
오래 헤어져 살면서도 스스로
행복해지기로 해요
그게 오늘의 약속이에요.

인생에 대한 이야기를 해 보겠습니다. 인생이란 무엇인가? 막상 이렇게 물으면 말문이 막힙니다. 지구에는 매년 수많은 사람들이 태어나서 백 년 이내, 혹은 아주 특별한 경우 그보다 조금 더 긴 시간을 살다 갑니다. 그러면서 수없이 많은 일을 하고, 공로를 남기고, 여러 업적을 쌓고, 저마다 나름대로 애쓰면서 살다 갑니다. 그렇지만 그중 누구라도 인생에 대해 확실하게 이것이다, 라고 말할 수 있는 사람이 있을까요? 누구나 똑같이 수긍할 수 있는 답을 제시할 수 있을까요? 사실 저 역시 인생은 잘 모르겠습니다. 그렇지만 저 또한 지금처럼 인생에 대해 이야기하지 않습니까?

그래서 인생이란 '무정의 용어'다.

무엇이라고 정의하려 하지 말고 '인생은 그저 인생'이라는 거예요. 시골에서 살다 보면 글도 잘 모르고 학교 문턱을 밟아본 적도 없지만, 인생을 아주 훌륭하게 살아낸 지혜로운 분들을 종종 만나게 됩니다. 제 외할머니도 그런 분이셨습니다. 서른여덟에 병으로 남편과 재산을 모두 잃었습니다.

그러면서 혼자 겹방살이(남의 집 곁방을 빌려서 산다는 뜻의 경상, 전라, 제주 방언, 표준어 '곁방살이'-편집자 주)를 하며 칠십 평생을 홀로 사셨습니다. 그런데 외할머니가 참 지혜로우셨어요.

어렸을 때 저는 아버지가 너무 일찍 학교를 보내어, 동급생들이 저보다 한두 살이 많았습니다. 당연히 공부를 그리 잘하는 편은 아니었지요. 학교를 다니는 내내 공부도, 키도 조금씩 부족한 학생이었습니다. 특별히 말썽부리는 법 없이 앞자리에 앉아 조용히 수업을 듣는 작은 아이에게, 어느 날 선생님이 '품행방정상'이라는 상을 주셨어요. 말하자면 일종의 '선행상'입니다만, 그걸 저는 외할머니에게 자랑스럽게 내밀었습니다. 그때 외할머니가 이렇게 말씀하셨습니다.

너는 머리가 좋은 애는 아니지만, 노력이라도 하니 그만큼 하는 거다.

그 말이 못내 섭섭했습니다. 기왕이면 잘했다고 칭찬을 해주시지, 그런 반 토막짜리 칭찬, 어쩌면 저를 나무라는 말일 수도 있는 그 말을 마음에 담아두었다가 이런 시를 썼습니다.

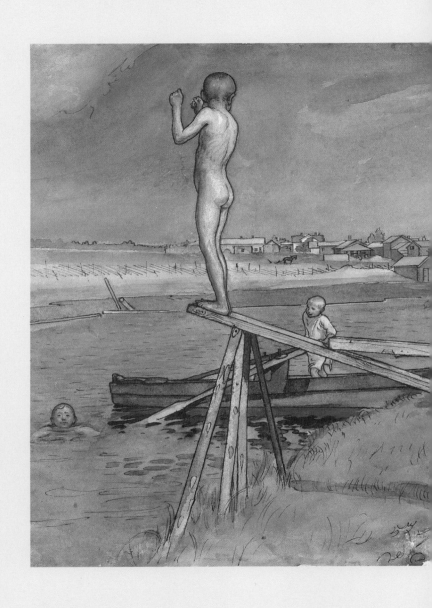

수영하기 좋은 장소
A Good Place For Swimming
1896

「인생 2」

애야, 너는 머리가
좋은 아이가 아냐

노력을 하니까
그만큼이나 하는 거야

어려서 외할머니
그 말씀이 나의 길이 되었다.

정말로 그 말씀이 제 인생이 되었습니다. 만약 그때 외할
머니가 저에게 "넌 머리가 좋은 애야, 그러니 노력은 안 해도
돼."라고 말했다면 어떻게 되었을까요? 제 인생은 완전히 달
라졌을 겁니다. 여전히 노력하지 않고 부족한 채로 살아가겠
지요. 그런데 외할머니가 '노력을 하니 그만큼이나 하는 것'
이라고 제 부족함을 깨우쳐주셨기에, 그 부분을 채우려 노력
하며 산 겁니다. 그 분이 논어, 맹자, 서양 철학자들의 인생론

이라도 읽었기에 그런 말씀을 한 걸까요? 그냥 당신 자신이 하신 말씀입니다.

아직 어린 아이를 키우는 엄마나 아빠를 만나면 저는 아이를 무조건 칭찬하지는 말라고 해요. 그렇다고 나무라라는 말이 아닙니다. 우리 아이는 다른 아이와 다르다고 기대하고, 무조건 잘하고 있다고 칭찬하지 말라는 거예요. 아이가 잘했더라도 너무 기뻐하지 말고, 조금 못했더라도 기다려 보자는 겁니다. 어떻습니까? 너무 나무라지 마세요. 얼마 전 오스카상을 받은 윤여정 배우가 이렇게 말했습니다.

난 최고란 말이 싫다.
최고 말고 최중(最重)하면서 다 같이 잘 살고 싶다.

저는 정말 감동했습니다. 정말 좋은 말이라고 생각해요. 윤여정 배우가 인생론을 쓴 학자고, 시인이고 그래서 그 말이 감동을 줄까요? 그분이 인생을 살다 보니 그렇게 된 거예요. 칠십 세가 됐을 때 윤여정 배우가 한 말이 있지요.

나도 칠십은 처음이라서 모르는 거야.

　윤여정 배우뿐만 아니라 우리도 인생은 다 처음 살아 보는 겁니다. 그러니 사랑도 서툴고, 아버지 노릇도, 할아버지 노릇도, 선생 노릇도, 아들 노릇도 다 그렇지요. 서툴지 않은 것은 사랑이 아니에요. 익숙한 건 사랑이 아닙니다. 오늘 보고 내일 다시 봐도 이 사람을 언제 봤던가, 저 아름다운 목소리를 언제 들었던가, 이렇게 새롭고 아름답고 서툴고, 그래야 사랑이지요.

　그런데 인생도 마찬가지예요. 처음이라서 서툰 거예요. 그러나 서툴다고 잘 살 수 없을까요? 세상은 모두 서툰 것 투성이에요. 너도, 나도, 우리 모두 마찬가지입니다.

　저도 제 나이가 처음이라 서툽니다만,
　그것을 새로움으로, 아름다움으로 받아들이는 것이
　인생의 지혜가 아닐까 생각합니다.

● 인생의 네 가지 계획

인생사계(人生四計)라는 말이 있습니다. '사계(四計)'란 말은 본래 국어사전에도 있는 말인데, 그 뜻을 정확히 아는 사람이 별로 없습니다. 서양식으로 이야기하면 계획(計)은 프로그램(program), 플랜(plan) 이런 뜻입니다. 해석하자면 '인생의 네 가지 계획'이라는 뜻이 되겠지요. 그런데 동양에서 계획이라는 것은 더 포괄적인 개념입니다. 깊이가 있고 범위가 크지요. 그에 맞춰 풀이해 보면 이렇습니다.

먼저 하루의 계획은 언제 있을까요? 농사짓는 사람 기준으로 생각해 보겠습니다. 하루의 계획은 새벽에 있습니다. 그러면 일 년의 계획은 봄에 있겠지요. 올해는 농사를 어떻게 지을 것인가? 그 계획이 원단(元旦, 설날 아침)에 있다는 것입니다. 그리고 일생의 계획은 근면함에 있다는 것이지요.

우리나라 사람들이 참 훌륭해요. 그래서 옛말에 이런 말이 있어요. '큰 부자는 하늘이 내고 작은 부자는 부지런함이 내린다.' 아주 대단히 공부를 잘하는 사람, 즉 천재는 하늘이 내릴 수 있어요. 하지만 우리가 부지런히 노력한다면 수재가

서툴지 않은 것은,
익숙한 것은,
사랑이 아닙니다.
새롭고, 아름답고,
서툰 것,
그것이 사랑입니다.

달라르나 바이킹 원정대
Viking Expedition in Dalarna
연도 미상

되는 것은 가능합니다. 내가 부족하다는 생각이 든다면 바꿔 생각해 보세요.

나에게 진정 부족한 것은 무엇인가?

내게 부족한 건 부지런함이나 노력이 아닌가? 저는 이렇게 생각합니다. 재능보다 중요한 건 열정이다. 그 열정을 저는 '근면함'이라고 정의하고 싶어요.

지금도 저는 끊임없이 기록합니다. 좋은 말을 들으면 기억하려 기록하고, 다시 가서 베끼고 외웁니다. 이 정도의 노력도 하지 않고 좋은 시를 쓴다는 건 어렵겠지요. 앞서 외할머니께서 제게 '노력하니까 그만큼이나 하는 거다.'라고 하셨잖아요. 그러니 그만큼이나 하려면 부단히 노력하는 수밖에 없지요. 제 나이가 제법 많아요. 그런데도 여전히 노력합니다.

지금은 돌아가셨지만 제가 외할머니와 약속한 것이 있어요. '공부하는 아이가 되겠습니다.' 저는 지금도 공부하고 있어요. 매일 밤 자기 전에 "할머니, 오늘도 이렇게 공부하며 살았으니 편안히 자겠습니다." 하고, 아침에 일어나서도 "할머니, 오늘도 공부하는 사람이 되겠습니다."라며 하루를 시작합니다.

마지막은 한 집안의 계획은 화목함에 있다는 것입니다. 이 부분은 우리가 절대 잊지 말아야겠습니다. 옛날에는 집집마다 '가화만사성(家和萬事成)'이라는 글씨가 벽에 크게 붙어 있었어요. 집안이 화목하면 모든 것을 이룬다는 뜻이지요. 가정이 화목하면 직장에 나가서도 집중해서 일할 수 있을 것이고, 집안의 안과 밖이 모두 편안하면 결국 우리 사회도 더 좋아지지 않을까요?

화목하지 않은 것은 정말로 문제입니다. 국어사전 속에 묻혀 있던 이야기에요. 케케묵은 이야기처럼 들리실지도 모르겠지만, 이런 이야기를 받아서 우리 삶의 지침으로 삼으면 우리 인생도 더 좋아지지 않을까 싶어요.

● **인생의 세 가지 불행**

옛날 성리학자들의 말에 의하면 인생에 세 가지 불행이

있답니다. 첫 번째는 소년등과일불행(少年登科一不幸)입니다. 열아홉 살이 되기 전에 과거시험에 1등으로 합격하는 게 불행이다. 하지 말라는 게 아니라 그랬다면 앞으로 조심하라는 뜻이에요.

과거에 1등으로 급제하면 어떻게 될까요? 임금님께서 주시는 술잔을 받게 되고, 집으로 돌아갈 때 어사화를 씁니다. 기쁘고 명예로운 일이지요. 그런데 그다음에 2등을 하면 어떻게 될까요? 불행해지겠지요. 아직 어린 나이에 1등으로 급제하는 것, 그것이 되레 불행이 될 수도 있다는 것입니다. 외할머니가 제게 하신 말씀처럼 칭찬을 경계하라는 거예요.

두 번째는 석부형제지세(席父兄弟之勢)입니다. 부모 음덕으로 벼슬하는 것이 불행할 수 있다. 누가 불행할까요? 여기서 불행한 사람이 둘이 있습니다. 바로 '자기 자신'과 '백성'입니다. 자신이 가진 능력보다 높은 자리에 올랐으니 얼마나 불안하고 막막할까요? 또, 아무것도 모르는 이가 벼슬을 하니 백성들은 얼마나 고단하겠습니까? 남과 자신, 모두를 불행하게 하는 선택이지요.

세 번째는 유고재능문장(有高才能文章)입니다. 말도 잘하고 글도 잘 쓰는 것이 어떻게 불행이 될 수 있을까요? 그런 능력이 출중한 이들은, 사람들 앞에 나서게 됩니다. 옛말에 모난 돌이 정 맞는다고 하지요. 전쟁이 났을 때도 맨 앞에서 깃발을 들고 나서는 병사는 제일 먼저 죽습니다. 그 병사는 반드시 죽어요.

조선의 사대부였던 조광조 선생이 그런 경우였습니다. 그는 모든 면에서 뛰어난 모습을 보여 늘 임금의 선생 노릇을 했어요. 그런데 결국 모함을 받아 사약을 받게 되었습니다. 인생이란 것은 그런 것이 아닌가, 그런 생각을 해 봅니다.

여기,
바로 이곳에 있는 것
| 행복 |

시가 인생이고, 인생은 한 편의 시다

「행복」

저녁 때

돌아갈 집이 있다는 것

힘들 때

마음속으로 생각할 사람 있다는 것

외로울 때

혼자서 부를 노래 있다는 것.

『파랑새』라는 동화책에 보면, 치르치르와 미치르라는 아이들이 주인공으로 나옵니다. 아이들은 파랑새를 찾기 위한 모험을 떠나는데, 그 과정에서 여러 가지 일을 겪습니다. 그 길고 험난한 여정 끝에 아이들은 완전히 지쳐 파랑새 찾는 것을 포기합니다. 그런데 지쳐서 돌아온 자기네 집 새장에 그토록 찾던 파랑새가 버젓이 있는 게 아니겠어요? 이 이야기가 바로 '행복에 관한 원형'입니다.

행복은 어디에 있을까요?
가까운 곳, 지근거리, 바로 우리 집에 있습니다.
그리고 내 안에 있는 것입니다.

그런데 그렇게 가까운 곳에 있는 행복을 찾지 아니하고, 자꾸만 먼 곳에 있다, 남에게 있다, 안 보이는 곳에 있다, 손이 닿을 수 없는 곳에 있다고 생각하면 행복을 찾아가는 과정이 지난하고, 불행하고, 답답하고, 속상하기만 한 것이지요. 이에 대해 카를 부세라는 시인은 이렇게 시로 썼습니다.

「산 너머 저쪽」 - 카를 부세

산 너머 언덕 너머 먼 하늘 밑
행복이 있다고 사람들은 말하네.
아, 나도 친구 따라 찾아갔다가
눈물만 머금고 돌아왔다네.
산 너머 언덕 너머 더욱더 멀리
그래도 사람들은 행복이 있다고 말을 한다네.

사람들이 산 너머 저 멀리에 행복이 있다고 말하기에, 나도 다른 사람들을 따라갔는데 그곳에는 행복도 뭣도 없더라는 이야기입니다. 울면서 후회하면서 집에 돌아왔는데, 사람들은 아직도 까치발을 딛고 더 먼 곳만 바라본다는 거예요. 여전히 행복은 산 너머 언덕 너머 더 멀리 있을 거라고 말하면서요. 행복에 대한 이야기를 더 이어 가려면, 제 집에 대한 이야기를 해야 할 것 같습니다.

• 저녁에 돌아갈 집이 있다는 것

저희 집에서는 제 집사람이 아침마다 제 옷을 손수 골라 입혀줍니다. 내가 예쁜 사람에게 장가가는 것이 소원이었는데, 얼굴이 예쁜 것은 아니지만 마음씨가 정말 예쁜 사람입니다. 이제는 늙고 뚱뚱해졌지만, 제 눈에는 여전히 참 예쁜 사람입니다. 또, 제 외할머니만큼이나 저를 사랑하는 사람입니다.

어머니께는 죄송한 말씀이지만, 세상에서 나를 가장 사랑하는 여자를 꼽으라면 제 외할머니와 집사람입니다. 젊은 시절부터 믿을만한 구석 하나 없는 저를 믿고 의지해 준 고마운 사람입니다. 제가 외출을 할 때면 무거운 짐을 들어 주겠다며, 택시 타는 곳까지 따라와 택시도 잡아 주고 뒷좌석에 짐을 내려 주고 가는 사람입니다. 이런 사람을 만난 것에 저는 참 감사합니다.

어느 날 집사람이 다시 태어나도 저를 만나겠답니다. 저는 그게 제가 좋아서 그런 줄 알았습니다. 그런데 이유를 물어 보니, 그냥 살던 사람과 살겠다는 거예요. 집사람은 낯선 것을 싫어합니다. 또, 자신은 키가 크고 덩치가 큰 편인데도, 큰

가재 잡기
The Crayfish Season Opens
1897

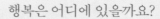
행복은 어디에 있을까요?

남자를 두려워합니다. 그래서 저처럼 만만한 남자가 좋다는 거예요. 그게 다시 태어나도 저와 결혼하겠다는 이유란 겁니다. 제가 깜빡 속았지 뭡니까.

지금은 여기저기 저를 찾는 사람이 많아졌지만, 참 적막하고 힘들게 살던 시절도 있었습니다. 교장 선생이 되었으나 알아주는 사람도 없었습니다. 그런데 돌이켜 보면 그때도 나름대로 좋았습니다. 집사람과 산책도 자주 하고, 산책에서 돌아와 시를 쓰기도 했어요.

「산책」

백합꽃 향기 너무 진하여 저녁때
대문이 절로 열렸네.

아마 이 시더러 너무 짧아서 시처럼 느껴지지 않는다는 사람들도 있을 겁니다. 그럼에도 저는 이 시를 굉장히 좋아합니다. 그 적막했던 시절 집사람과 산책 다니면서 제가 느낀 것이 있어요. 그리고 그때 깨달은 것이 있어요.

산책을 오래 하다 보면 지칩니다. 그럼 제가 집사람을 돌아 보며 "여보, 이제 집에 갑시다." 합니다. 그렇게 가던 길을 돌아서 집 쪽을 향하면 제 마음속에서 이상한 일이 벌어집니다. 갑자기 걸어온 길이 짧아지는 거예요. 이상하게 집으로 돌아갈 때는 발걸음도 가볍고 기분이 아주 좋습니다.

비슷한 일이 우리 일상에서 종종 벌어집니다. 처음 낯선 곳에 갈 때는 길이 너무 멀게 느껴지지요. 그런데 그곳에서 일을 보고 돌아올 즈음에는 길이 처음보다는 가깝게 느껴집니다. 익숙해진 거예요. 그리고 이제 집으로 돌아갈 생각에 마음이 가벼워진 거예요. 그건 심리적인 거리입니다. 우리는 실제 거리로만 사는 것이 아니라, 심리적인 거리로도 삽니다.

시간도 마찬가지입니다. 사랑하는 사람이 있으신가요? 사랑하는 사람과 함께 있는 시간은 너무 짧게 느껴집니다. 그러나 반대로 떨어져 있는 시간은 너무 지루하고 느리게 갑니다. 하루인데 일 년 같이 느껴져요. 반대로, 하루가 한 시간이나 십 분처럼 짧게 느껴질 때도 있습니다.

저도 산책을 하다 집을 향해 몸을 돌렸어요. 그리고 노을을 보며 이런 생각을 했습니다.

오늘도 해가 무사히 졌고 새들도 둥지를 찾아가고,
노을이 지고, 산에도 그늘이 지면서 저물어 가는구나.
저녁에 집으로 돌아갈 수 있다는 것이
얼마나 감사하고 행복한 일인가.

제 집은 낡고 볼품없습니다. 지은 지 30년이 넘고 변두리
에 있어 매우 값싼 아파트예요. 희한하게 다른 데는 집값이
다 올라도 우리 집만 값이 안 올라요. 그렇지만 그 집이 저에
게는 저녁에 돌아갈 집입니다. 그러니 제겐 값이 중요한 게
아닙니다. 그 집에 돌아가 내가 쉴 수 있다는 것, 그리하여
안식할 수 있고, 에너지를 충전하여 다시 밖으로 나올 수 있
다는 것이 얼마나 다행입니까?

저녁은 지치고, 어둡고, 힘들고, 쉬고 싶고, 눕고 싶고, 배
가 고프고, 하루 중 가장 취약한 시간입니다. 그 시간에 그
허름한 집이라도 없었다면 저는 어떻게 되었을까요? 여지없
이 불행했을 것입니다.

제가 담즙성 범발성 복막염이 급성 췌장염으로 발전해 죽
다 살아난 적이 있다고 했지요. 거의 반년간 집을 비웠습니

다. 집에 돌아왔더니 정성껏 키운 산세베리아는 힘없이 늘어져 있고, 난초에도 누런 잎이 져 있었습니다. 거실 여기저기 거미줄도 쳐 있었습니다. 제가 그날 집에 돌아오면서 그 순간 느낀 감정을 옮긴 시가 있어요.

「집」

얼마나 떠나기 싫었던가!
얼마나 돌아오고 싶었던가!

낡은 옷과 낡은
신발이 기다리는 곳

여기,
바로 여기.

저만 그런 것이 아니라 대부분 그럴 겁니다. 집에 있는 것은 다 낡은 것들입니다. 사람도, 물건도 그렇습니다. 새것은

낡은 옷과 낡은
신발이 기다리는 곳

여기,
바로 여기.

태양의 집
The Cottage
1895

모두 백화점에 있습니다. 우리 아버지도, 어머니도 낡은 사람입니다. 나 또한 마찬가지입니다. 낡을 대로 낡아 더 쓸 데가 없는, 그런 낡은 사람입니다. 우리 집사람도 그래요. 집사람은 전신마취 수술만 여섯 번을 했고, 저도 큰 수술을 네 번 했습니다. 둘이 합치면 열 번이지요. 저는 그것을 열 번 깨진 항아리가 같이 살고 있다고 표현합니다. 그래서 저는 저녁이 되어 집에 돌아갈 때마다 속으로 이렇게 말해요.

'여섯 번 깨진 항아리야 기다려라. 네 번 깨진 항아리가 간다.'

> 그냥 이렇게 사는 거예요. 사는 게 참 초라한 겁니다.
> 그런데, 그래서 나쁜가요? 그래서 불행한가요?
> 아니요. 그렇지 않습니다. 저는 불행하지 않습니다.
> 오히려 그 반대입니다. 문제는 마음입니다.
> 불행과 고난이 전혀 없는 삶이 아니라,
> 그럼에도 행복할 수 있는 것이
> 진정 행복한 일이 아닐까 생각합니다.

• 힘들 때 떠올릴 사람이 있다는 것

누구나 다 힘들 때가 있어요. 사람이 힘들면 취약해지고 에너지가 바닥을 칩니다. 그럴 때 마음속으로 누굴 떠올릴까요? 가족입니다. 이 가족이란 게 참 징글징글한 겁니다. 가장 많이 싸우는 사람은 부부이고, 부모 자식 간이고, 가족입니다. 남과는 싸움을 잘 안 하지요. 가장 많이 부딪히는 사람은 가족이에요. 그런 가족이 애틋해지는 순간이 어떤 때입니까? 바로 내가 아플 때입니다. 내가 약해질 때예요.

제가 혼자 사는 지인에게 이렇게 물은 적이 있어요. 가족이 필요하다고 느낄 때가 언제냐? 자신은 혼자가 더 편하고 좋다고 합니다. 하지만 아플 때는 좀 후회된다고 해요. 귀찮더라도 결혼은 할걸, 하고요.

저도 아파서 죽을 것 같을 때 가족이 위안이 되었습니다. 집사람과 아들이 저를 끝까지 포기하지 않았어요. 집사람은 매일 옆에서 기도했습니다. "하나님, 저 사람을 살려주세요. 그러지 않으면 저도 집에 돌아가지 않겠습니다." 가만히 들어 보니 그건 기도가 아니라 협박입니다. 같이 죽겠다는 소리예요. 하나님께서도 둘을 죽게 할 수는 없으니, 어쩔 수 없이 저를 살리신 거라 생각하며 살고 있습니다. 그게 가족입니다.

친구도 중요합니다. 인디언 말로 친구란 '내 슬픔을 대신 지고 가는 자'란 뜻입니다. 그런 친구가 있으신가요? 함석헌 선생의 「그 사람을 가졌는가」라는 시에 담긴 질문입니다. 그런 사람은 살면서 한 사람이라도 많습니다.

나는 그런 친구가 있는가?
나는 누군가의 슬픔을 대신 져 준 사람이었는가?
누군가에게 한 사람도 많은 친구였는가?

저는 자신이 없습니다. 그러나 누구에게나 힘들 때 떠올릴 수 있는 사람이 있어요. 바로 어머니입니다. 세상 모든 사람이 나를 배반하고, 나를 돌려세우고, 나를 비난할 때, 그러지 마라, 제발 그러지 마라, 나를 끝까지 지켜주고 변호해 줄 그런 분이 어머니입니다.

「동행」

어머니는 언제 죽나?
내가 죽을 때 죽지.

제가 쓴 시인데, 딱 두 줄입니다. 무슨 뜻이냐 하면 어머니가 돌아가셔도, 내가 살아 있으므로 어머니는 아직 돌아가시지 않았다는 것입니다. 몇 년 전 어머니가 돌아가셨습니다. 그렇게 늦게 슬픈 아들이 되었는데, 그럼에도 많이 힘들었습니다. 하지만 아직 어머니는 살아 계십니다, 제 마음속에.

제가 학교에 강연을 하러 가서 윤동주 선생님 이야기를 한 적이 있습니다. 윤동주 선생이 돌아가신 것이 1945년 2월 16일입니다. 제가 그 이야기를 하자 아주 개구진 아이 하나가 그 말을 받아 이렇게 말했어요. "윤동주 선생은 안 죽었습니다! 제 마음속에 살아계십니다!" 그 아이는 그냥 장난으로 한 말이에요. 그런데 그 소릴 듣고 아이들이 박수를 치더라고요. 되레 그 말을 꺼낸 아이가 놀랐어요. 그래서 제가

오늘도 무사히 하루가 가고,
저녁에 돌아갈 집이 있으니
얼마나 감사한 일인가!

사과 수확
The Apple Harvest
1903

그랬어요. 그래, 네 말이 맞다. 네 마음속에 살아 있고, 모든 아이들 마음속에 살아 있고, 내 마음속에 살아 있으니, 돌아가신 것이 아니지.

이게 진정한 생명이고, 명예입니다.
그러니 우리 어머니도 제가 마음속으로 기억하고
그리워하는 한 돌아가시지 않은 거예요.

● 외로울 때 부를 노래가 있다는 것

외로울 때 부를 노래, 이건 문화에 대한 이야기입니다. 우리가 잘 살기 위해 무엇이 필요할까요? 먼저, 물질이 필요합니다. 집도 물질입니다. 우리는 물질을 채우기 위해 어렵게 공부해 직장생활을 하고 돈을 법니다. 그다음은 사람입니다. 그렇지요. 사람이 아주 중요합니다. 우리는 결국 사람을 위해 삽니다. 사람 간의 관계가 잘 되어야 모든 일이 잘 풀립니다.

그리고 마지막 단계가 명예, 즉 문화입니다. 우리는 우리 사회의 문화 유산 속에서도 위안과 공감을 얻을 수 있습니다. 행복에 대해 이야기하다 보면 행복이란 것이 그리 특별하지 않다는 것을 깨닫게 됩니다.

우리는 누구나 다 행복할 수 있고
이미 행복한 사람입니다.
그것을 본인만 모를 뿐이지요.
부디, 본인의 파랑새가 먼 곳이 아닌
가까이 있다는 것을
깨닫고, 아시고, 찾으시길 바랍니다.

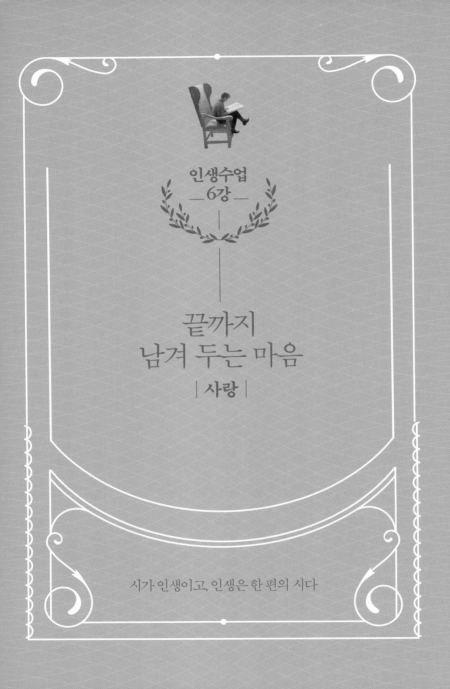

끝까지
남겨 두는 마음
│ 사랑 │

시가 인생이고 인생은 한 편의 시다

「사랑에 답함」

예쁘지 않은 것을 예쁘게
보아주는 것이 사랑이다

좋지 않은 것을 좋게
생각해주는 것이 사랑이다

싫은 것도 잘 참아주면서
처음만 그런 것이 아니라

나중까지 아주 나중까지
그렇게 하는 것이 사랑이다.

제가 가장 자신 없는 것이 '인생'과 '사랑'에 대한 이야기입니다. 앞서 인생을 '무정의 용어'라고 했는데, 사랑도 마찬가지입니다. 도무지 잡히지 않는 것이지요. 사랑에 대한 이론이 워낙 다양하고 복잡하다 보니, 큰 갈래로만 나눠 보자면 사랑은 아가페(Agape), 에로스(Eros), 필리아(Philia)로 나눌 수 있습니다.

　아가페는 신의 사랑이란 뜻인데, 과연 그런 사랑이 있을까요? 에로스는 열정적인 사랑을 뜻합니다. 그런데 둘이서만 좋아서 십 년이 넘는 세월을 열정적으로 사랑만 하고 산다? 그것도 가능할지는 모르겠습니다. 제가 가장 좋아하는 사랑은 필리아입니다. 우정에 가까운 사랑. 그러니까 처음에는 에로스처럼 열정적으로 사랑에 빠지더라도, 서로에게 친숙해진 관계에서 결혼을 하고 평생에 걸쳐 우정을 쌓듯 쌓아가는 사랑은 어떨까요? 그런 사랑은 좀 더 편안하고, 관대하고, 허용적이겠지요. 나이가 들수록, 결혼 기간이 길어질수록 그런 생각이 듭니다.

　제가 아파서 병원에 있을 때 버킷리스트를 정리해 봤습니다. 이 병원에서 나가기만 하면 이 주제들로 책을 쓰리라, 하고 말입니다. 첫 번째는 병에 관한 책입니다. 두 번째는 고향에 관한 책입니다. 세 번째는 풀꽃에 대한 책입니다. 네 번째는 시에 대한 책입니다. 다섯 번째는 사랑에 대한 책입니다. 정말로 다 썼습니다. 그런데 그중 사랑에 대한 책이 가장 쑥스럽고 어색합니다.

제가 열다섯 살 때 어떤 여학생을 좋아하는 마음을 계기로 시를 쓰기 시작했는데, 끝내 그것에 대한 해답을 내지 못한 것이지요. 그래서 아까 읽은 그 시를 늙어서 썼습니다.

예쁘지 않은 것을 예쁘게 보아주는 것이 사랑이다.

예쁜 것을 예쁘게 보는 것은 사랑이 아닙니다. 예쁜 연예인을 보고 예쁘다고 말하는 것이 사랑인가요? 사랑은 일명 '콩깍지'가 씐 상태예요. 예쁘지 않아도 예쁘다고 말하게 만드는, 그런 맹목이 사랑입니다. 더 나아가 좋지 않은 것까지 좋게 봐 주는 것이 사랑이에요. 남들에게는 그게 좋지 않게 느껴지는데, 나에게는 그 사람의 좋지 않은 모습까지 좋게 보이는 거예요.

제 지인 중에 아내의 덧니에 반해 결혼까지 한 사람이 있었습니다. 아내의 덧니가 약간 앞으로 튀어나와 있는데, 웃을 때마다 보일 듯 말 듯 한 그 덧니가 그렇게 매력적이었답니다. 그리고 그걸 부끄럽게 여겨 안 보이고 웃으려고 애쓰는 모습이 그렇게 사랑스럽더랍니다. 그런데 어느 날 출장을 다녀오니 아내의 덧니가 사라졌다고 합니다. 너무 깜짝 놀라 "당신, 덧니가 어디 갔어?" 하고 물으니, 아내가 남편이 출장 간 사이 덧니를 빼고 왔다고 말하더라는 거예요. 남편이 너무 놀라니까 오히려 아내가 당황하며 다른 사람은 다 예뻐졌다는데 대체 왜 그러느냐고 물었대요.

"아니, 나는 당신의 덧니 때문에 결혼했는데……."

남편이 그렇게 말하니 아내가 그제서야 이렇게 말했대요. "나는 당신 보기 좋으라고 뺏는데, 진작 그렇게 말하지 그랬어요." 사랑이란 게 이런 거예요. 눈이 머는 겁니다. 좋지 않은 것도 좋게 보이는 것, 그런 상태가 사랑이지 않을까요? 좋은 것을 좋다고 말하는 것은 상식입니다. 상식적인 것은 사랑이 아니에요. 상식을 뛰어넘는 것이 사랑입니다. 오직 나 하나만 있는 것이고, 그 사람에게만 있는 것이고, 그때에만

져 주고, 기다려 주고, 참아 주는 것,
이것이 진정한 사랑의 원본입니다.

아뜰리에의 리스베스
Lisbeth in the Atelier
1897

있는 정말 아름다운 세계가 '사랑'입니다. 승화되고, 특별하고, 초월한 세계가 사랑입니다.

더 나아가 싫은 것도 참아가면서, 여기에 조건이 붙는데 '처음에만 그런 것이 아니라 아주 나중까지도' 그러는 것이 사랑입니다. 사실 저도 그러지 못했습니다. 아침마다 집사람이 택시 정거장에까지 따라와 가방까지 메어 배웅을 해 주는데, 자꾸 미안해집니다. 저도 이제 나이가 들었지만 계속해서 사랑을 배우고, 또 사랑을 해야 하지 않을까 싶어요.

제가 결혼식 주례가 되어 주례사를 할 때 꼭 읽어 주는 시가 바로 「사랑에 답함」입니다. 나도 자신은 없지만 당신들이라도 이런 사랑을 좀 해 보라고요. 지금 이 자리에 서로가 예뻐 보여서, 서로를 사랑해서 선 것이 아니냐고요. 물론 완벽하게 실천하는 사람은 없습니다. 싫은 걸 참는다는 게 얼마나 힘들어요. 그것도 처음만이 아니라 나중까지 계속한다는 것은 분명 어려운 일이지요. 그럼에도 못한다고 해서 목표로 삼지 못할 것은 아닙니다.

우리가 갈 수 없다고 해서 별이 없는 것은 아니듯,

완벽하게 실천할 수는 없더라도

'사랑'이라는 목표로 세워 놓고

조금씩 다가갈 수 있지 않을까요?

사랑은 언제나 미완성이고, 부족하고, 서툴고, 떨리고,

언제나 조금씩 더듬더듬 나아가는 것입니다.

그리고 언제나 새것입니다.

첫사랑이라는 말이 있지마는, 저는 모든 사랑이 첫사랑이라고 생각합니다. 모든 사랑은 첫사랑처럼 서툴고, 어색하고, 눈부시고, 아름답고, 좋은 것이 아니던가요?

● **사랑의 원본은 짝사랑이다**

「부모 노릇」

낳아주고

길러주고

가르쳐주고

그리고도
남는 일은

기다려주고
참아주고
져주기.

어린 시절을 떠올려보세요. 우리가 부모를 사랑하기 때문에, 부모가 우리에게 사랑을 준 것은 아닐 겁니다. 처음에는 오로지 짝사랑으로 시작되어, 서로 주고받는 사랑이 완성되었지요. 하지만 자식이 부모를 바라보지 않는 순간에도 부모는 자식을 짝사랑합니다. 저도 같은 방식으로 제 자식들을 사랑했습니다.

요즘 엄마들에게 「부모 노릇」이라는 시를 읽어 주면 많이 공감합니다. 낳아 주고, 길러 주고, 가르쳐 주고, 그런데 그 위에 세 가지가 더 있다는 말이에요. 옛날에는 낳아 주

그러면서도 끝까지 미완성으로 남는 사랑 앞에
무릎을 꿇게 되는 것이지요.

베란다
The Verandah
1895

고, 길러 주고, 가르쳐 주고에 대해서만 이야기했어요. 하지만 그게 전부인가요? 아이가 자랄수록 서운하고 속상한 일도 많이 생깁니다. 그럴 때 모른 척 넘어가 주고, 져 주고, 기다려 주고, 참아 주고, 그런 순간이 더 많겠지요. 바로, 져 주고, 기다려 주고, 참아 주고, 이것이 진정한 사랑의 원본이 아닐까요? 그러면서도 끝까지 미완성으로 남는 사랑 앞에 무릎을 꿇게 되는 것이지요. 그러니 사랑 앞에서는 항상 겸손해야 합니다.

제가 어느 결혼식 주례사에서 피천득 선생의 이야기를 들은 적이 있습니다. 저도 가끔 주례를 하기 때문에, 결혼식에 가면 주례사를 유심히 듣습니다만, 그날의 이야기가 무척 인상 깊어 기억하고 있습니다. 피천득 선생이 팔십 노인이 됐을 때 정말 아끼는 제자 몇이 명절에 세배를 하겠다며 찾아왔더랍니다. 그런데 세배를 하고 나서 어느 제자가 이렇게 물었습니다.

"선생님, 어떻게 사모님과 그렇게 평생을 정답게 사십니까? 그리고 어떻게 그렇게 자식들까지 잘 길러내셨나요?"

그에 피천득 선생이 이렇게 답했답니다.

"그거야 우리 집사람이 나에게 과분한 사람이라 그렇고, 자식들도 나에게 과분해서 그렇지."

피천득 선생은 서울대 교수를 한 영문학자이며 대단히 명성 높은 수필가입니다. 그런데 아내가 자신보다 과분하다 생각했다는 거예요. 그렇게 생각하니 정답게 살 수 있었다는 것이지요. 반대로 상대가 나보다 낮고, 부족하고, 그래서 내가 손해 봤다 생각한다면 잘 살 수 있을까요? 상대를 높이면 모든 것이 좋게 받아들여지고, 행복해진다는 겁니다.

자식 문제도 마찬가지입니다. 어떤 엄마가 아이가 80점을 받아 오면, 나는 네가 70점을 받아도 만족했을 텐데 80점을 받아 왔으니 정말 잘했다고 칭찬했다는 거예요. 반대로 아이가 90점을 받아와도 아버지가 100점을 바랐다면 어땠을까요?

자신을 낮추고, 상대방을 높이세요.
잘 사는 첫걸음입니다.
자신의 배우자를, 우리 아이를, 자기 연인을
나에게 과분한 사람이라고 생각하는 겁니다.

우리는 살면서 이런 실수를 자주 저질러요. 그리고 돌이 킬 수 없을 지경이 되어서야 깨달아요. 그러니 아직 기회가 남아 있는 분들에게 이렇게 말하고 싶습니다. 자신의 배우자를, 우리 아이를, 자기 연인을 자신에게 과분하다고 생각하면 어떨까요? 그러면 저절로 사랑이 커지고, 저절로 행복해지고, 그 결과 저절로 성공한 인생이 된다는 겁니다.

그때 저는 이 이야기를 듣고 많이 아쉬웠어요. 내가 이런 이야기를 좀 더 일찍 들었더라면 어땠을까? 제 아이들은 이미 성인이 되었지만, 그 시절에 저는 아이들을 참 힘들게 키웠습니다. 아이들이 학교에 갈 때마다 "잘하고 와!"라고 했어요. 열심히 공부하고 오라고, 잘하고 오라는 말은요, 결국 다치지 말고, 문제 일으키지 말고, 경쟁에서 지지 말고 오라는 소리입니다.

그런데 왜 바득바득 이겨야만 하나요? 아직 어린아이를 키우는 분들이라면 이 말을 기억해 주셨으면 좋겠습니다. 아이를 높은 곳으로 보내려고, 조금 더 잘하게 하려고, 너무 많은 애를 쓰지 않았으면 좋겠습니다. 조금 마음에 여유를 두고 기다리고, 참아 주고, 져 주세요. 저는 지금까지도 그때를

생각하면 조금 미안하고 마음이 쓰려요. 뭐 마음이 쓰리긴
하지만 부족한 대로 이것도 인생이 아닐까 싶습니다.

> 사랑은 늘 부족하고, 사랑은 늘 서성이고,
> 사랑은 늘 서툴고, 사랑은 늘 후회스럽고,
> 마음이 아프고, 그렇다 해서
> 돌이킬 수도 없는 것입니다.
> 새롭게 내 앞에 다시 사랑이 온다면
> 우리 다시 잘해봅시다.

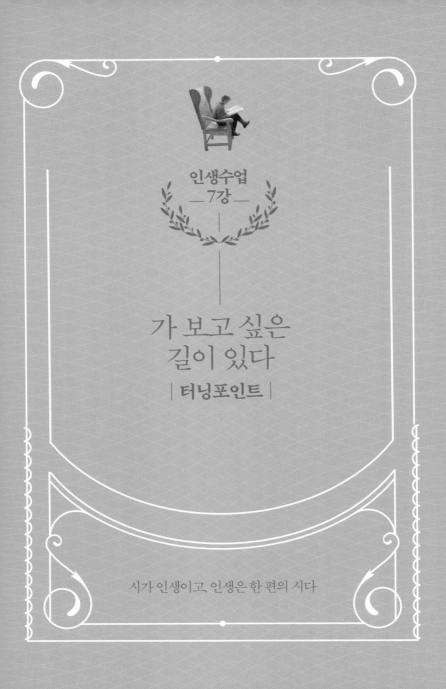

인생수업
―7강―

가 보고 싶은
길이 있다
| 터닝포인트 |

시가 인생이고, 인생은 한 편의 시다

「사는 일」

1
오늘도 하루 잘 살았다
굽은 길은 굽게 가고
곧은 길은 곧게 가고

막판에는 나를 싣고
가기로 되어 있는 차가
제 시간보다 일찍 떠나는 바람에
걷지 않아도 좋은 길을 두어 시간
땀 흘리며 걷기도 했다

그러나 그것도 나쁘지 아니했다

걷지 않아도 좋은 길을 걸었으므로
만나지 못했을 뻔했던 싱그러운
바람도 만나고 수풀 사이
빨갛게 익은 멍석딸기도 만나고
해 저문 개울가 고기비늘 찍으러 온 물총새
물총새, 쪽빛 날개짓도 보았으므로

이제 날 저물려 한다
길바닥을 떠돌던 바람은 잠잠해지고
새들도 머리를 숲으로 돌렸다
오늘도 하루 나는 이렇게
잘 살았다.

2
세상에 나를 던져보기로 한다
한 시간이나 두 시간

퇴근 버스를 놓친 날 아예

다음 차 기다리는 일을 포기해버리고
길바닥에 나를 놓아버리기로 한다

누가 나를 주워가 줄 것인가?
만약 주워가 준다면 얼마나 내가
나의 길을 줄였을 때
주워가 줄 것인가?

한 시간이나 두 시간
시험 삼아 세상 한복판에
나를 던져보기로 한다

나는 달리는 차들이 비껴가는
길바닥의 작은 돌멩이.

지하 저장고 옆에서
By the Cellar
1917

이 시는 90년대 말 제 나이 오십 중반이 됐을 무렵 쓴 시입니다. 교장이 되기 전 지내던 학교에서 썼습니다. 그때가 제겐 참 오래전처럼 느껴집니다. 제가 선생을 할 때 시골 학교로만 다녔어요. 그래서인지 제가 선생을 했던 학교들이 지금은 모두 사라지고 없습니다. 위의 시를 썼던 학교도요. 애당초 외진 곳에 있는, 곧 사라질 학교로만 다녔기 때문입니다. 그게 나쁘다는 것은 아니지만 그 모습이 초라하게 느껴진 때도 있었습니다.

제가 장학사가 되어 학교를 잠시 떠나 있었던 적이 있습니다. 다들 자랑스럽고 명예로운 자리라고 하는데, 저는 그 5년이 제 인생에서 가장 부끄럽고 떳떳하지 못한 시기라고 생각합니다. 그렇게 장학사라고 뽑혀서 갔는데, 세상에 얼마나 대단한 사람들이 많던지요. 그 자리에 뽑혀 온 사람들은 하나 같이 잘나 보였습니다. 저는 그게 불편했습니다. 스스로와 비교하며 스트레스를 받았지요. 그래서 주어진 소임에 마음을 다하지 못했습니다. 저도 분명 잘난 부분이 있어 뽑혀 왔을 텐데, 아무튼 그들과는 비교가 되지 않았습니다. 시간이 흐를수록 그것이 뭔지 흐릿해졌습니다. 나는 조금씩 힘겹게 걸어가는데, 바로 앞에서는 스포츠카를 타고, 제트기를 타고 너무 쉽게 추월해 버리는 거예요. 마음이 너무 힘들었습니다.

그 시기 거울을 보며 저 자신과 매일 하던 약속이 있습니다. 다시 학교로 돌아갈 것이다. 계속 이곳에 있으면 스스로 떳떳할 수 없겠구나 싶었습니다. 더 이상 시인일 수 없을 것 같아 두려웠습니다. 그래서 그때 내가 나 자신에게 한 약속을 지키려고 학교로 돌아가겠다고 하니 지금은 없어진, 면 소재지도 아닌, 그곳에서도 더 들어가야 하는 아주 외진 곳에 있는 학교로 절 보내더라고요. 전 자동차도 없는데, 버스도 닿지 않는 곳이었습니다.

제가 그곳에 발령된 지 얼마 안 되어 크게 감기에 걸렸습니다. 그런데 그 감기가 반년을 갔어요. 여름 내 감기를 앓았습니다. 코피가 나고, 아픈 날이 끊이질 않았는데…… 지금 생각하니 아마도 화가 나 있었던 것 같습니다. 억울하고 화난 감정이 풀리지 않은 채 쌓여 있으니, 계속 몸이 아플 수밖에 없었던 것이지요.

저는 누구인지도 모를 대상에게 계속 물었습니다.

2006.

'어떻게 나에게 이럴 수 있는가?'

그렇게 지내던 어느 날이었습니다. 점심시간에 교무실에 앉아 창문을 열어 놓고 아이들이 뛰어노는 모습을 바라보고 있었습니다. 그 시기의 아이들은 아주 건강하고 씩씩했습니다. 아이들이 공을 차며 그 발길에 따라 모래나 먼지가 획 하고 날아가는 모습이, 그런 활기찬 움직임을 보고 있는 게 좋았어요. 그 풍경을 가만히 바라보다 저도 모르게 밖으로 나갔습니다. 아이들이 공 차는 것을 피해 운동장 가장자리로 걷다가 축구 골대 앞에 섰어요. 그런데 거기 노란 민들레 꽃 한 송이가 피어 있는 것이 아니겠어요?

축구하는 아이들의 발에 채여 이파리는 망가지고 꽃만 덩그러니 남아 있었습니다. 잎사귀 하나가 간신히 달려 있긴 했는데, 그조차도 반절만 있었습니다. 더 놀라운 것은 이파리는 하나밖에 없는 그 초라한 줄기 끝에 샛노란 봉오리가 둘이 더 달려 있는 거예요. 정말 깜짝 놀랐습니다. 다시 봤더니 옆으로 주먹을 쥔 것처럼 뻗어 있는 그것들이, 꽃봉오리가 맞았습니다. 잎사귀는 하나만 남은 그 초라한 아이가 이미 핀 꽃과 피려고 준비하는 꽃, 셋 모두를 품고 있는 거였습니다.

순간 너무 큰 감동을 받았습니다. 얼른 교무실로 돌아가서 펜과 종이를 가지고 다시 나왔어요. 그 앞에 주저앉아 돋보기를 쓰고 그림을 그렸습니다. 그것이 제 풀꽃 그림 그리기의 시초입니다. 그때 그 민들레 꽃이 저에게 이렇게 말하는 것 같았어요.

'아저씨, 아저씨가 시인이에요? 시인이 뭐 그래요. 나도 이렇게 살아서, 나도 이렇게 꽃을 피웠는데, 아저씨는 시인이라면서 그렇게 여름이 다 되도록 감기에나 걸리고, 그게 뭐예요?'

나를 나무라는 거예요. 그래, 민들레 꽃아, 미안하다. 네가 내 선생이구나. 그리고 정성 들여 민들레꽃을 그렸어요. 그 뒤부터는 제가 풀꽃 그림 그리는 것에 푹 빠져 주변에 있는 모든 풀을 골라 그렸습니다. 나중에는 나무랑 산도 그리고, 정말 많은 풀꽃들을 그렸습니다.

저는 이 민들레 꽃을 통해 '터닝포인트'에 대해 이야기하고 싶습니다. 제가 장학사로 있을 때 나 자신과 한 약속이 있었다고 했지요. 학교로 돌아갈 거라고. 이 날개 달린 사람들 사이에서 빠져나가야만 한다고. 안 그러면 시인으로서도, 인간으로서도 끝나겠구나 하는 위기의식을 느꼈습니다. 그렇게 매일 다짐하고, 다잡고, 약속하며 다시 돌아간 곳이 그 학교였는데, 그 학교가 저에게는 터닝포인트가 되었다는 것입니다.

> 가다가 돌아오는 것은 유턴입니다.
> 가던 길을 계속 가면서
> 새로운 길을 개척하는 것이 터닝포인트입니다.
> 당신은 어떤 길을 선택하시겠습니까?
> 그건 자신의 마음에 달려 있습니다.

• 사막에 다녀와서 내가 사막이라는 걸 알았다

살다 보면 인생의 경로를 바꾸고 싶을 때가 있습니다. 가장 좋은 방법은 앞에서 말했던 것처럼 '살아난다는 보장만

선드본의 여름날에 한 소녀
Summer in Sundborn, Girl in a Garden
1913

있다면 젊은 시절에 죽을병'에 걸려보는 것이겠지요. 하지만 그건 권할 수가 없겠습니다. 두 번째는 실패하는 것입니다. 말 그대로 쫄딱 망하는 거예요. 그것도 권하기는 힘들겠지요. 세 번째는 여행입니다. 여행이 사실 피곤한 일입니다. 돈과 시간도 들어갑니다. 그런데 왜 우리가 여행을 하나요? 지금 일상이 지루하기 때문입니다. 그날이 그날 같습니다. 따분하고, 권태롭고, 반복적이지요. 그런데 일상을 조금만 벗어나도 모든 것이 새로워요. 그런데 그 새로움도 보름 이상 지나면 어떤가요? 지루했던 원점, 즉 일상이 그리워집니다.

코로나가 유행했던 시기, 사람들이 가장 그리워했던 것도 일상입니다. 5인 이상 모임을 금지하고, 사람들이 모이는 행사나 축제도 모두 사라졌습니다. 그러니 그런 것들을 그리워하는 사람들이 굉장히 많아졌어요. 권태롭고 때로는 지겹기까지 했던 일상이 그리워지는 거예요. 여행은 바로 그런 '일상성의 소중함'을 발견하기 위해 떠나는 겁니다.

그래, 그 낡아빠진 이 집이 내게는 너무 소중하구나.

내가 집으로 돌아오니, 가까이 있을 때는 매일 싸우던
가족들이 나를 반갑게 맞이한다.

이게 바로 터닝포인트고, 삶의 발견입니다.

● 인생의 터닝포인트가 되었던 책

거기에 한 가지가 더 있습니다. 바로, 독서입니다. 저는 제
인생에 변곡점이 있던 시기에 이 세 권의 책을 읽었습니다.
한 권은 노자의 『도덕경』입니다. 읽다 보면 얼핏 이해가 안
되는 구절들이 많습니다. 예를 들어, '곡즉전(曲則全)'은 구부
러진 것들이 완벽하다는 말입니다. 구부러진 것은 흠인데,
흠이 있는 것이 어떻게 완벽할 수 있을까요? 그런데 가만히
생각해 보면 정말 인생에 도움이 되는 말입니다. 그런데 그
걸 젊었을 때는 잘 몰라요. 드디어 40대, 50대에 들어서면 노
자의 말이 마음에 들어오기 시작해요. 저도 그랬습니다.

또 하나는 후지와라 신야란 일본 사진작가의 『인도방랑』

목가적인 봄
Spring Idyll
1901

사막에 다녀와서 내가 사막이라는 걸 알았다.

이라는 책입니다. 그 책은 책 귀퉁이가 너덜너덜해질 때까지 봤습니다.

그리고 마지막 한 권은 헨리 데이비드 소로의 『월든』입니다. 저는 그 책을 읽고 '이렇게 살아서는 안되겠다.'라고 생각했습니다. 이대로 살아서는 안 되겠다, 이대로 가서는 안 되겠다, 무슨 말인가요? 바로 '터닝포인트'입니다. 제 인생의 터닝포인트를 가장 제대로 짚어준 책이 있다면, 그것은 역시 『월든』입니다.

그런데 놀랍게도 그 책에 『논어』의 한 구절까지도 번역되어 들어가 있습니다. 참 아름다운 책입니다. 제가 기억하는 『월든』의 가장 좋은 문장은 이렇습니다.

> 천둥 번개가 칠 때 다른 이들이 수레 밑이나 헛간으로 몸을 피한다면 너는 흰 구름 아래로 숨어라.

저는 사실 지금도 이 말을 완전히 이해하지 못하겠습니다. 말은 쉽습니다만, 천둥 번개가 칠 때 안전한 곳으로 숨으려 하지, 누가 천둥 번개의 근원이 되는 흰 구름 밑으로 가겠습니까? 말이 안 되지요. 그런데 그 말이 우리에게 어떤 비전을 전하고자 하는 것이 아닌가 생각합니다. 제가 그 문장을 오십 대 중반부터 지금까지 가슴에 안고 살아가고 있습니다만, 아직 그 답을 찾지 못했습니다. 아직도 그 답을 생각하고 있습니다.

그리고 이런 문장도 있습니다.

대지를 소유하려 하지 말고 즐겨라.
밥벌이를 당신의 직업으로 삼지 말고 도락으로 삼아라.

그런 사람이 어디 있겠어요. 그냥 바라보라는 겁니다. 그걸 바라보면서 우리가 가는 거예요. 별에 닿을 수 없다고 해서, 별이 필요하지 않다고 말하지는 않겠지요?

인생수업
__8강__

꿈꾸는 당신은
늙지 않는다

|시|

시가 인생이고 인생은 한 편의 시다

「시」

마당을 쓸었습니다
지구 한 모퉁이가 깨끗해졌습니다

꽃 한 송이 피었습니다
지구 한 모퉁이가 아름다워졌습니다

마음속에 시 하나 싹텄습니다
지구 한 모퉁이가 밝아졌습니다

나는 지금 그대를 사랑합니다
지구 한 모퉁이가 더욱 깨끗해지고
아름다워졌습니다.

이번에는 시에 대한 이야기를 해보겠습니다. 시에 대한 이야기를 하자고 하면 사람들은 보통 엉뚱하고 까다로운 것이라 여겨 난색을 표합니다. 시는 고답적이고, 현학적이고, 자기중심적으로 쓰여서는 안 됩니다.

하지만 요즘 세상에는 뭐든 '나 중심'으로 해서는 안 됩니다. 모두 자기 자신이 가장 소중한 세상이 되었습니다. 그러니 시를 쓸 때도, 일을 할 때도, 내가 잘 살기 위해서는 '너의 도움' 없이는 안 되게 되었지요.

세상엔 두 가지 종류의 사람이 있어요. '나'와 '내가 아닌 사람'입니다. 한편에 내가 있고, 다른 한편에 내가 아닌 모든 사람, 즉 '너'가 있습니다. 부모, 자식, 아내, 친구도 모두 '너'입니다. 아무리 가까운 사이라도 내가 아픈 것이지, 네가 아픈 것은 아닙니다. 배가 고플 때도 내 배가 고픈 것이지, 네 배가 고픈 것은 아닙니다.

그런데 아내는 제가 아프면 약도 챙겨주고 살뜰하게 보살펴 줍니다. 왜 그럴까요? 제가 아프면 본인의 마음도 불편하기 때문입니다. 그러니 내가 잘 살기 위해서는 나도 '너'에게 잘해야 한다는 것이지요. 시인들도 마찬가지입니다. '너'에게 잘해야 해요. 네 편에서 알아듣도록 시를 써야 합니다. 네 편에서 필요로 하는, 요구하는 시를 써야 해요. 상업주의 아니냐고요? 꼭 그렇지만은 않습니다. 시를 쓸 땐 작심(作心), 문심(文心), 독심(讀心)이 있어야 합니다. 이건 어느 책에도 없는 제가 만든 단어입니다만, 그건 삶의 어떤 문제든 마찬가지인 것 같습니다.

● 좋은 시는 책이 아닌 인생 속에 있다

옛날에 양조장을 운영해 큰돈을 번 노인이 있었습니다. 그런데 양조장의 노인은 평생 공부라고는 한 적이 없는 일자무식이었습니다. 어떤 청년이 그 노인에게 어떻게 하면 당신처럼 큰 부자가 될 수 있느냐고 물었습니다. 그러자 노인이 이렇게 말했답니다.

돈을 많이 벌려면 책에 없는 걸 알아야 한다.

저도 똑같이 말하겠습니다. 시를 잘 쓰려면 책에 없는 걸 알아야 합니다. 서점에 가 보면 부자 되는 법에 대한 책들이 수두룩합니다. 공부 잘하는 법에 대한 책도 수두룩합니다. 그런데 왜 다들 그대로 못하는 것이지요? 대체 그것이 무엇일까요? 돈을 버는 것이든, 시를 쓰는 것이든, 뭔가 이루려고 하면 책에 없는 자기만 아는 무언가가 있어야 한다는 것입니다.

중국 명나라 말기 홍자성이라는 분이 쓴 『채근담』 외편에 보면 이런 구절이 나옵니다.

왜 사람들은 유자서(有子書)만 읽고 무자서(無字書)는 읽지 않는가?

유자서란 글씨로 된 책을 말하고, 무자서는 글씨로 쓰이지 않은 책입니다. 무자서란 인생이고, 자연이고, 세상입니다. 새가 날아가는 것이 그 자체로 책이고, 물이 흘러가는 것도 책이고, 그 속에서 시를 찾아라, 이 말이에요.

공부에도 세 가지 종류가 있다고 합니다. 첫 번째는 책으 우리가 있기에 내가 있다.

울타리 옆에서
By The Fence
1904

로 하는 공부, 두 번째는 세상살이를 하며 배우는 공부, 세 번째는 마음으로 하는 공부입니다. 이 세 가지 공부가 모두 이뤄질 때 진정한 공부를 했다고 할 수 있지요.

한 어머니가 아이에게 밥 짓는 방법을 종이에 써서 주며, 가서 이대로 밥을 지어 보라고 말합니다. 밥이 잘 지어졌을까요? 아는 것과 실제로 할 줄 아는 것은 다릅니다. 아는 것은 지식이고, 외워서 아는 것이고, 말로 아는 것입니다. 그러나 할 줄 아는 것은 몸을 움직여 행동으로 옮기는 것입니다. 예를 들어 자전거 타는 법을 머리로 이해한다고 해서 탈 줄 아는 것은 아닙니다. 직접 자전거를 타 보면서 넘어지고 고꾸라지면서, 비로소 타는 법을 몸에 익히게 되는 것입니다. 머리로 이론을 이해한 다음, 몸으로 체득해야 진정한 공부가 이뤄지는 것이지요. 시도 그런 바탕에서 나와야 한다고 생각합니다.

그렇다면 앞에서도 말한 작심이란 무엇인가요? 작가의 마음입니다. 문심은 문장의 마음, 그리고 독심은 독자의 마음입니다. 앞서 말했듯 사전에는 없는 말입니다만, 저는 이 세 가지 마음이 하나의 글에서 어우러질 때 그 글이 좋은 글로 남을 수 있다고 생각합니다.

그렇다면 독자들은 어떤 시를 요구할까요? 그 답은 너무 쉽습니다. 아이들에게 물어봐도 알고 있어요. 시가 짧아야 하는가, 길어야 하는가? 이렇게 물으면 이구동성으로 짧아야 한다고 말합니다. 그것은 조금만 주변을 유심히 관찰하고 생각해 보면 알 수 있어요. 요즘에는 어른이나 아이나 휴대폰을 손에서 잘 놓지 않습니다. 그러니 휴대폰 화면에서 한 페이지가 넘어가면 벌써 가독성이 떨어지고, 효용성이 없어집니다. 한 페이지 분량인 22행을 넘기지 말란 소리입니다.

아이들에게 또 물었습니다. 시는 단순해야 하는가, 복잡해야 하는가? 스티브 잡스가 죽는 순간까지 고민한 것이 바로 '심플(simple)'입니다. 핸드폰 사용법이 복잡하면 사람들이 그 핸드폰을 사지 않습니다. 담겨 있는 기술은 복잡하더라도 사용법은 단순해야 팔리는 것이지요. 직장생활도 마찬가지입니다. 단순하게 일해야 합니다. 이건 절대적인 원칙입니다.

마지막으로 묻겠습니다. 시가 어려워야 하는가, 쉬워야 하는가? 쉬워야 합니다. 그런데 사람들은 쉬운 것은 함부로 폄

부엌 정원에서
In the Kitchen Garden
1883

좋은 시는 책이 아닌 인생 속에 있다.

하하고, 낮춰 봅니다. 제 시는 평론가들이 평을 잘 하지 않습니다. 들여다봐야 더 나올 것이 없다고요. 그러나 그 단순한 문장 속에서 어떻게 마음의 행보가 나아가는지는 따져보지 않은 것이지요. 자세히 봐야 예쁘다. 오래 보아야 사랑스럽다. 무엇이? 바로 풀꽃입니다. 하지만 '너도 그렇다.'라는 문장에서 이제 시는 사람들을 향해 돌아섰습니다. 그렇기 때문에 우리의 마음을 건드리는 거예요. 주변에 피어 있는 흔한 풀꽃에 대한 이야기가 사람에게로 번져 우리 모두에게 적용되는 보편적인 이야기가 된 겁니다.

● 세상의 버려진 것들 속에서 시를 발견하다

사실 시는 주변에 널려 있는 것들입니다. 뭔가를 만들어내는 방법에는 '발명(Invention)'과 '발견(Discovery)'이라는 두 가지 방향이 있는데, 발명은 없던 것을 만들어내는 것이고 발견은 있던 것을 찾아내는 것입니다. 시가 발명이라면 아무도 읽지 않을 거예요. 그건 혼자만 아는 사실이잖아요. 시는 발견하는 겁니다. 많은 사람들이 버리고 간 쓰레기더미 속에, 반복되고 지루한 일상 속에, 우리가 이미 알고 있는 것들 속에 있는 거예요. 우리가 이미 알고 있지만 발견하지 못하는 것들을 찾아 다시 시로 세우는 것이지요. 그럴 때만 그 시는 파급력을 가집니다. 그 순간 시는 오로지 시인의 것이면서, 독자 모두의 것이 될 수 있으니까요.

여러분 '벌꿀'을 아시지요? 꿀은 원래 어디 있는 겁니까? 꽃 속에 있는 겁니다. 그런데 왜 사람들이 꽃꿀이 아니라 벌꿀이라 부르나요? 시도 원래 이미 세상 속에 있던 겁니다. 세상 많은 사람들의 마음속에 있던 겁니다. 사람들이 이미 알고 있는 일상성 속에, 버려진 것들 속에, 수북이 쌓여 있는 것들 속에 있었습니다. 그러나 꿀벌이 날아와 그 꽃 속에 숨겨져 있던 꿀을 가져간 것이지요. 그래서 그것을 벌통으로 옮겼습니다. 그래서 사람들은 그것을 꽃꿀이 아니라, 벌꿀이라고 부릅니다. 시 또한 그렇습니다. 모든 자연 속에 이미 있고, 모든 세상 속에 이미 있습니다. 그러니 시인은 이미 세상에 널려 있는 것들을 가져다가 시로 내놓는 것뿐입니다. 그러나 시는 시인의 것이죠. '자세히 보아야 예쁘다.' 이 말을 사실 시는 주변에 널려 있는 것들입니다.

문 앞에서
The Gate
연도미상

저만 했을까요? 다른 사람들도 다 알고 사용하는 말입니다.

얼마 전, 제가 공주터미널에서 버스를 기다리고 있는데, 두 할머니가 대화하는 것이 들렸습니다. 한 할머니가 아기를 업고 있었는데, 옆에 서 있던 할머니에게 "우리 둘째네 딸이야." 하고 아기를 보여주더라고요. 누군가 딸이라고 하며 아기를 보여줄 때 우리는 뭐라고 해야 하나요? 바로 '예쁘다', 그게 힘들다면 '귀엽다', 이렇게 선택지는 두 가지뿐입니다. 그런데 옆의 할머니가 대답을 안 해요. 그러니까 아기네 할머니가 계속해서 손녀딸의 예쁜 점을 조목조목 늘어놓습니다. 예쁘다, 귀엽다, 이 말을 듣기 위해서요. 그런데 옆의 할머니가 끝까지 말을 안 해주더라고요. 그러니까 아기네 할머니가 포기하고 이렇게 말합니다.

"얘도 자세히 보면 예뻐요."

아는 거예요, 본인도. 본인 손녀가 그리 안 예쁘다는 것을. 제가 「풀꽃 1」이란 시를 쓰고 이 말을 들었으니 망정이지, 시를 쓰기 전에 들었다면 그 할머니의 말을 가져다 썼다고 말했을 거예요. 바로 그것입니다. 제가 꿀벌 역할을 한 것이지요. 그래서 제 시는 벌꿀이 된 거예요. 나태주의 시라는 이름이 붙은 것이지요. 그러나 그다음에는 어떻게 해야 할까요? 다시 꽃에게로 돌려줘야 합니다.

이처럼 시를 쓰는 사람만 시인이 아닙니다. 같이 울고, 같이 숨 쉬고, 같이 동행하고, 같이 걷고, 같이 힘들어해 주고…… 서로의 아픔에 공감해야 합니다. 위로와 축복, 기도, 응원, 동행, 그런 것들이 우리에겐 필요합니다. 그게 시이고, 시인의 마음입니다.

아프리카 말 중에 '우분투(Ubuntu, 우리가 있기에 내가 있다)'라는 말이 있습니다. 우리가 있어서 내가 있다.
네가 있어서 내가 있다. 네 덕분에 산다.
그러니 당신 덕분입니다. 정말 고맙습니다. 이런 말을 나누다 보면 원망도 우울함도 눈 녹듯 사라지며, 끝내 당신이 갖고 있던 불행감도 조금은 옅어질 겁니다.

물론, 지금 당신이 처한 형편이 좋지 않을 수는 있습니다. 그래도 전 이렇게 말하고 싶어요.

그럼에도 불구하고(Nevertheless).

　그럼에도 불구하고 우리는 다시 시작해야 하고, 그럼에도 불구하고 다시 꿈꿔야 하고, 그럼에도 불구하고 다시 사랑해야 하고, 그럼에도 불구하고 포기해서는 안 됩니다. 여기서 멈춰서는 안 됩니다. 그럼에도 불구하고 시는 아름다워야 하고, 그럼에도 불구하고 시는 우리 옆에 남아 있어야 하고, 그럼에도 불구하고 시는 축복이 되어야 하고, 그럼에도 불구하고 시는 노래와 위로가 되어야 합니다.

인생수업
— 9강 —

보고 싶겠지만
조금만 참자
| 가족 |

시가 인생이고, 인생은 한 편의 시다

「울던 자리」

여기가 셋이서 울던 자리예요
저기도 셋이서 울던 자리예요
그리고 저기는 주저앉아
기도하던 자리고요

병원 로비에서
복도에서
의자 위에서
그냥 맨바닥 위에서

준비 안 된 가족과의 헤어짐이
너무나도 힘겨워서
가장의 죽음 앞에 한꺼번에 무너져서

여러 날 그들은
비를 맞아 날 수 없는
세 마리의 산비둘기였을 것이다.

2007년도에 교장 임기 6개월을 앞두고 쓸개가 터져서 뱃속이 다 오염이 됐어요. 쓸개라는 것이 소화를 돕는 역할을 하는데 평소에는 잘 인지하지 못해요. 그런데 터진 쓸개즙이 복강 속으로 쏟아져 들어가니 정말 펄쩍 뛸 정도로 아팠습니다. 방바닥을 데굴데굴 굴렀어요. 꼭 불판 위에 발가벗겨진 벌레가 된 것 같았습니다. 누울 수도, 앉을 수도, 설 수도, 아무것도 할 수 없어서 오직 남은 길은 죽음밖에 보이지 않는 것 같았지요.

급히 병원에 갔더니 옆구리에 구멍 두 개를 뚫고 관을 넣어서 페트병을 연결하더라고요. 체액을 밖으로 받아내려고요. 병원에서 해 준 것은 그게 전부였습니다. 그것 외에는 할 수 있는 것이 없다고 했어요.

의사가 이렇게 말했습니다.

"3일 내로 죽을 테니 마음의 준비를 하셔라."

집사람이 그 소리를 듣고 양손에 제 핸드폰과 본인 핸드폰을 든 채로 까무러쳤어요. 아이들도 불려 왔어요. 저한테 딸 하나와 아들 하나가 있습니다. 아이들은 아버지가 잘 지내는 줄 알았는데 갑자기 죽는다니 정신이 없었습니다. 집사람과 아이들은 그대로 병원 로비에 앉아 기다리고 저는 중환자실로 들어갔습니다. 집사람하고 아이들도 아무런 방책이 없어, 그저 울고 또 울었답니다. 당신이, 아버지가 중환자실로 들어가는 모습을 보는데, 기댈 곳이 없었다는 그 말이 어찌나 슬프던지요.

기댈 곳이 없다, 비빌 언덕이 없다. 의지할 곳이 없는 사람을 그렇게 말하고는 하지요. 저는 그렇게 지낸 세월이 길었습니다. 흔들리는 나무든, 피곤한 사람이든, 다 쓰러져 가는 벽이든, 어디든 기대고 싶은데 기댈 곳이 마땅히 없는 거예요. 비빌 언덕이 없는 거예요. 엉덩이가 파리에 물려 가려운 송아지가 어딘가에 비벼 가려움을 해소해야 하는데 비빌 언덕조차 없더라는 겁니다. 계속 그냥 가렵고 아픈 채로 있는 거예요.

그런 상황에서 쓴 시가 「울던 자리」입니다. 시로써는 조금 묽고 그럴지도 모르겠어요. 하지만 저는 저 시를 읽을 때마다 지금도 아련하게 마음이 아픕니다.

● 아들아, 결혼은 사랑만으로 하는 게 아니란다

「묘비명」

많이 보고 싶겠지만
조금만 참자.

　가족이라는 게 굉장히 따분하고, 곤란하고, 아주 짜증 나고, 힘들고, 제일 어려운 관계입니다. 제일 좋은 모습도, 제일 나쁜 모습도 가장 많이 보게 됩니다. 증오도, 사랑도 공존하는 관계, 즉 애증 관계입니다. 문정희 시인이 남편과의 관계에 대해 이런 시를 썼어요. 남편은 나와 싸움을 가장 많이 하는 남자이고, 나와 마주 보고 아주 오랫동안 밥을 같이 먹은 남자이고, 내 아들을 낳게 해준 남자라는 거예요. 그렇게 싸움도 많이 했고, 밥도 같이 많이 먹었으니, 좋은 것도 알고 나쁜 것도 다 알게 됩니다. 제가 나이를 먹고 나니, 나이든 남자에게 가장 중요한 것이 가족에게 받아들여지는 것이더라고요. 좀 더 구체적으로 말하자면 아내에게 이해받으며

커다란 자작나무 아래의 아침 식사
Breakfast under the Big Birch
1895

믿음의 대상이 되는 것입니다. 그리고 조금 잘못한 것이 있더라도 아내에게 용납받는 것입니다. 제 아들에게도 같은 말을 했어요.

"아들아, 결혼은 사랑만으로 하는 것이 아니란다."

사랑이 기본이지요. 그 위에 믿음, 즉 가족 공동체, 경제 공동체, 생활 공동체 이런 것들이 쌓여 믿음이 단단해지지 않으면 유지하기 어렵다는 뜻이에요. 저도 무척 서툰 사람인데 나이를 먹다 보니 알게 된 것입니다. 저처럼 나이가 많은 사람에게 가족에게 이해를 넘어 신뢰를 받는다는 건, 그건 너무 중요한 일입니다. 사실 아내에게 남편은 경멸의 대상일 수 있어요. 반대로 남편에게 아내도 불신의 대상일 수 있지요. 그런데 그런 불신과 경멸을 넘어 여전한 신뢰와 남아 있는 사랑, 그리고 끈끈한 정으로 은근하고 편안하며 오래돼도 변하지 않는 그런 관계를 유지할 수 있다면 정말 좋겠지요.

물론 거기에는 많은 노력이 필요합니다. 저도 많은 노력을 했습니다. 좋은 남편이 되려 노력했어요. 그런데 그런 가장이 갑자기 쓰러져 버린 거예요. 가족들은 어떤 심정이었까요?

● 때로 애닳고, 때로 서운한 존재

우리 집사람과 아이들이 많이 고통스러웠을 겁니다. 기억이 나지 않을 정도로 여러 의사들을 만났습니다. 그런데 어떤 의사도 살기 어렵다고만 했어요. 그때 한 의사가 우리 딸을 불러다 놓고 말했어요.

"많이 힘들고 안타깝습니다. 그런데 MRI 사진 찍힌 것을 보면 가망이 없습니다. 그런데 환자분이 살려고 저렇게 발버둥을 치고 오똑하게 앉아 있으니 어떡하면 좋을까요? 환자분은 도저히 살 수 없으니 따님이 좀 설득시켜 주십시오."

딸이 MRI 사진을 들여다보며 가만히 의사의 말을 듣다 보니 그 말이 다 맞는 거예요. 그런데 우리 가족 중 딸만 유일하게 이성적이었어요. 그때 저는 살려고 하고, 아내와 아들은 저를 살리려고만 애썼어요. 그래서 딸이 저에게 와서 말했어요.

"아버지, 내가 봐도 아버지는 어렵겠어요. 그러니 부디 마음이나 편히 가지세요."

그 말을 듣고 저는 화가 났습니다. 내가 저를 얼마나 귀하

편지 쓰는 소녀
Letter Writing
1912

고 예쁘게 키웠는데, 내가 저에게 얼마나 많은 신뢰와 소망
을 걸었는데……

"그러면 너는 지금 나보고 죽으라 그 말이냐?"

"아니에요, 아버지. 내가 안타까워서 그래요."

"안타까운 건 네 마음이고, 나는 그냥 살고 싶다."

그렇게 제가 너무너무 애달프게 매달린 적이 있어요. 절망
스러웠습니다. 저 아이까지 저런 말을 하니 나는 대체 어느
곳에 기대고, 어느 언덕에 비벼야 하나. 그때 제가 쓴 시가
있습니다.

「너무 그러지 마시어요」

너무 그러지 마시어요. 너무 섭섭하게 그러지 마시어요. 하
나님, 저에게가 아니에요. 저의 아내 되는 여자에게 그렇게
하지 말아달라는 말씀이에요. 이 여자는 젊어서부터 병과
더불어 약과 더불어 산 여자예요. 세상에 대한 꿈도 없고
그 어떤 사람보다도 죄를 안 만든 여자예요. 신장에 구도
도 많지 않은 여자구요. 장롱에 비싸고 좋은 옷도 여러 벌

가지지 못한 여자예요. 한 남자의 아내로서 그림자로 살았고 두 아이의 엄마로서 울면서 기도하는 능력밖엔 없는 여자이지요. 자기 이름으로 꽃밭 한 평, 채전밭 한 귀퉁이 가지지 못한 여자예요. 남편 되는 사람이 운전조차 할 줄 모르는 쑥맥이라서 언제나 버스만 타고 다닌 여자예요. 돈을 아끼느라 꽤나 먼 시장 길도 걸어다니고 싸구려 미장원에만 골라 다닌 여자예요. 너무 그러지 마시어요. 가난한 자의 기도를 잘 들어 응답해주시는 하나님, 저의 아내 되는 사람에게 너무 섭섭하게 그러지 마시어요.

하나님에게 사정하고, 빌고, 기도하는 것 같지만 사실은 하나님을 향한 협박입니다. 사실은 내가 살고 싶어서, 집사람 소원이 내가 사는 게 소원이니, 그 사람을 걸고 협박한 거예요. 제가 그랬어요. 내가 살고 싶어서. 그래서 살았습니다. 그 뒤로 제 세상이 달라졌습니다.

우리 집사람은 이제 저를 해마다 한 살씩 나이를 먹는 아이라고 생각하며 살아요. 해마다 한 살씩 먹어 지금 제가 새로 열다섯 살을 먹었습니다. 제가 다시 몇 살쯤 먹고 세상을

체크무늬 옷을 입은 폰투스
Pontus as a Baby Counted Cross Stitch Chart Pattern
1890

떠날지는 모르겠습니다만, 집사람에게 저는 지금 열다섯 살 먹은 아이입니다. 그러니 제가 나갈 때마다 짐도 들어 주고, 택시도 잡아 주고, 제가 떠나는 것을 배웅하고 들어갑니다. 마찬가지로 저도 집사람을 아이처럼 바라봅니다. 늙었는데 아직도 아이 같아요. 얼마 전엔 제가 집에 돌아왔더니 기다렸다는 듯이 말하더라고요. 티셔츠를 교환하러 가야 하는데 같이 걸어갔다 오려고 하루 종일 저를 기다렸다고요. 한번은 제가 미국에 보름 정도 문학 강연을 다녀왔더니, 집사람이 방바닥에 바짝 엎드려 붙어 있더라고요. 밥도 안 먹고, 그 여름에 에어컨도 안 틀고. 그러니까 제가 집사람을 아기처럼 볼 수밖에 없지요. 이런 것이 가족이 아닐까 생각해요.

저는 우리 아이들이 집에 자주 오는 것도 좋아하지 않아요. 집사람하고 둘이 있는 게 좋아요. 집안에서 아무렇게나 하고 다녀도 괜찮으니까요. 그래서 가장 불편하고, 가장 부끄러운, 가장 낮고, 가장 좋은 것을 보며 서로 이해하는 사람이 가족이 아닌가 생각합니다.

나처럼 살지 말고
너답게 살아라

| 삶의 담론 |

시가 인생이고, 인생은 한 편의 시다

「사랑하는 마음 내게 있어도」

사랑하는 마음
내게 있어도
사랑한다는 말
차마 건네지 못하고 삽니다
사랑한다는 그 말 끝까지
감당할 수 없기 때문

모진 마음
내게 있어도
모진 말
차마 하지 못하고 삽니다
나도 모진 말 남들한테 들으면

오래오래 잊혀지지 않기 때문

외롭고 슬픈 마음
내게 있어도
외롭고 슬프다는 말
차마 하지 못하고 삽니다
외롭고 슬픈 말 남들한테 들으면
나도 덩달아 외롭고 슬퍼지기 때문

사랑하는 마음을 아끼며
삽니다
모진 마음을 달래며
삽니다
될수록 외롭고 슬픈 마음을
숨기며 삽니다.

위의 시는 중년 즈음, 살기 힘들고 어려울 때 쓴 시입니다. 제가 남들보다 일찍, 마흔 살에 초등학교 교감 자격을 얻었어요. 그런데 4년 동안 발령이 안 났어요. 기다리다가 사십 중반에 교감이 되었는데, 그때의 제 심정이 담긴 시입니다. 사십 대 중반이면 중년인데, 사람의 몸에 비한다면 허리에 해당하는 부분이 중년, 즉 사오십 대가 아닌가 생각합니다.

> 외롭고 슬픈 마음
> 내게 있어도
> 외롭고 슬프다는 말
> 차마 하지 못하고 삽니다

중년은 과거에서도, 미래에서도 벗어나지 못한 채 묶여 있는 시기입니다. 위로는 부모님들의 기대와 요구에 부응해야 하고, 아래로는 자식들이 막 자라서 신경 써야 할 것들도 많은데 사회활동을 병행해야 하는 시기지요. 이 시를 꺼낸 이유는, 오늘날 우리들의 삶에 대한 담론이 달라졌기 때문입니다.

• 그러고도 남는 날은 사는 법에 대해 생각했다

「사는 법」

그리운 날은 그림을 그리고
쓸쓸한 날은 음악을 들었다

그러고도 남는 날은
너를 생각해야만 했다.

예산에 있는 윤봉길 의사 기념관에 가면 그분이 스물다섯
에 고국을 떠나며 써 놓고 간 글씨가 있어요. '장부출가생불
환(丈夫出家生不還), 대장부가 집을 나섰다면 살아서는 돌아오
지 않겠다.' 이 말을 스물다섯 청년이 썼다는 거예요. 그 말
처럼 윤봉길 의사는 정말 살아서 돌아오지 못했어요. 그 이
후 중국 상하이 훙커우 공원에서 있었던 일은 한국 사람이라
면 익히 알고 있는 이야기지요. 그런데 어떻게 겨우 이십 대
중반의 청년이 그런 결단을 내릴 수 있었을까요? 저는 사십

대답 대신 아이는
눈물 고인 두 눈을 보여 주었다.

요정 또는 커스티, 정원의 전망
A Fairy or Kersti and a View of a Meadow
1899

대 중반에도 이런 나약한 마음이 담긴 시를 썼습니다만, 사십 대 중반과 이십 대 중반은 그 시절에는 부자 관계일 수도 있는 나이 차이입니다. 어떻게 저렇게 새파란 나이의 청년이 죽음 앞에 의연할 수 있었을까요?

김구 선생이 고국으로 돌아와 가장 처음으로 한 일은 독립운동가들의 시신을 수습해 국립묘지로 모시는 것이었습니다. 이를 미루어 짐작할 수 있는 것은 이 시기 최고의 담론, 즉 삶의 목표는, 이야기의 주제는, 의지는, 가장 큰 가치는, 젊은이들의 지향점은, 국가 독립이었다는 것이겠지요. 그때의 담론이 그랬다고 생각합니다. 광복 뒤에는 국가 건설이었고, 6·25 전쟁 이후엔 국가 재건, 그다음은 가난에서 벗어나기 위한 근대화, 공업화, 그리고 민주화 순이었어요. 삶의 담론은 그때그때의 시대적 상황에 따라 바뀝니다. 그리고 그다음, 지금 우리가 직면한 담론은 무엇일까요? 저는 그것이 '인간화'라고 생각합니다. 사람과 사람과의 관계를 얼마나 더 유연하게, 인간답게, 아름답게 바꿀 것인가, 어떻게 다시 서로에 대한 신뢰를 쌓을 것인가, 그런 이야기를 나눌 때가 된 것이지요.

● 당신에게도 안녕이 있기를

「꽃그늘」

아이한테 물었다

이담에 나 죽으면
찾아와 울어줄 거지?

대답 대신 아이는
눈물 고인 두 눈을 보여주었다.

작금에 일어난 여러 문제들, 하루아침에 나락으로 간 정치인들, 문화인들의 모습을 보고 있자면 마음 한 켠이 서늘합니다. 그리고 자연스럽게 '담론'이라는 말을 떠올리게 됩니다. 그런 일이 옛날에는 없었을까요? 그보다는 민주화나 산업화 같은 더 커다란 담론에 휩쓸려 넘어갔을 거예요. 하지만 요즘은 어떤가요?

요즘 이삼십 대 젊은이들과 이야기를 하다 보면 자기 생각과 의사표현이 분명합니다. 뭔가를 물으면 "좋아요!" "맞아요!" 하고 분명히 표현합니다. "좋은 것 같은데요." 하고 어리무던하게 말하는 건 우리 세대의 말법이지요. 젊은이들과 이야기를 하다 보면 표현이 의외로 정확하고, 현실적이고 분명해 보여요. 좋으면 좋은 것이지, 좋은 것 같다고 하지 않아요.

저는 충청도 사람입니다만, 충청도 사람들이 말을 참 어리무던하게 해요. 유심히 듣지 않으면 이쪽인지 저쪽인지, 긍정인지 부정인지 헷갈릴 때가 있어요. "그류." "맞아요." "글쎄요." 이런 말들은 의도를 파악하기가 힘듭니다. "그류." 혹은 "맞아유."라고 할 때도 말꼬리를 내리면 긍정이고, 꼬리를 올리면 부정입니다. 참 신기하지요? 같은 단어인데도 어감 하나로 의미가 확연이 달라집니다.

한국 말이 참 재밌어요. 예를 들어 '안녕'이란 말도 상황에 따라 다르게 쓰입니다. 만났을 때 '안녕!' 하고 말꼬리를 올리는 것은 만나서 반갑다는 의미이고, 헤어질 때 말꼬리를 내리며 '안녕'이라고 하는 것은 아쉬움을 표현하는 거예요.

아저씨! 안녕하세요.
Say Hello To The Gentleman!
1917

이렇게 '안녕'이란 인사말 하나로 만날 때와 헤어질 때 똑같이 쓰는 나라는 한국밖에 없을 겁니다. 영어로 헤어질 때 인사말은 '굿바이(goodbye)'입니다. 일본어로도 헤어질 때는 '사요나라(さようなら)'라고 하지요. 그 인사말을 만날 때 똑같이 쓰지 않아요. 그런데 한국말은 이처럼 같은 단어도 상황에 따라 다른 의미로 다가갑니다. 그게 얼마나 의미심장하고 대단한 어법인지요. 어쨌거나 요즘 많은 부분에서 어법이 달라지고, 이야기의 주제가 달라지고, 삶의 형태가 달라졌다는 겁니다.

「너에게도 안녕이」

자전거를 타고 가면서
세발자전거를 타고 가는
여자아이를 만나
안녕, 하고 인사를 했다
아이도 안녕, 웃으며
인사를 받았다

조금 더 가다가
애기똥풀꽃을 만나 또
안녕, 하고 인사를 했다
애기똥풀꽃도 배시시 웃으면서
안녕, 하고 따라서
인사를 받았다

오늘은 모처럼 비가 내리고
맑고 파란 하늘
맑아도 너무 맑은 하늘
우리는 너무 오래 만나지 못했다

너에게도 안녕이 있기를 바란다.

제가 몇 년 전에 『너에게도 안녕이』라는 책을 썼는데, 그 책 제목이 중의적인 의미입니다. 만날 때는 반갑게 만나고, 헤어질 때 편안하게 잘 헤어지자는 의미예요. 그 책을 쓰면서 제게도 '안녕'이란 말이 특별하게 다가오더라고요.

에스뵈른과 그의 사과나무
Esbjorn And His Apple Tree
1905

너에게도 안녕이 있기를 바란다.

옛날엔 학연, 지연, 혈연, 이런 걸 많이 따졌는데 지금은 많이 사라졌습니다. 요즘 젊은 세대들은 그런 걸 잘 안 따져요. 표현이 분명할 뿐 아니라 자신에서 주어진 것을 분명히 인식하고, 이념을 벗어나 있어요. 아주 현실적이지요. 저는 그런 젊은 세대를 응원하고 싶어요. 동시에 많이 배우려고 합니다. 담론이 달라진 시대에 살아가려면 나이 든 사람들도 젊은이들로부터 바뀐 담론을 배우고 변화해야 한다고 생각해요.

나 때는 안 그랬는데, 너희는 왜 그러느냐? 그러니까 젊은 사람들이 그 맛있는 '라떼'도 싫다잖아요. 우리들은 이런 것들로부터 벗어나서 젊은 세대에게 자리를 내어 주고, 양보하고, 그들의 문화를 배워 같이 다시 나가야 합니다.

「늙은 시인」

아이들은 아이들을 보고
젊은이들은 젊은이들을 보는데
자꾸만 노인들이 나를 흘깃거린다

그렇지만 나는 아이들을 보고
젊은이들을 본다.

  내 몸은 이미 늙었습니다. 하지만 마음은 늙지 않는 시인
이 되고 싶어요. 그제 제 소망입니다. 새로운 주제, 새로운 생
활방식, 새로운 목표…… 담론이 바뀌었다면, 무작정 따라가
지는 않더라도 바뀐 담론에 대해 서로 배우고, 대화하며 살
아가야 하지 않을까요?

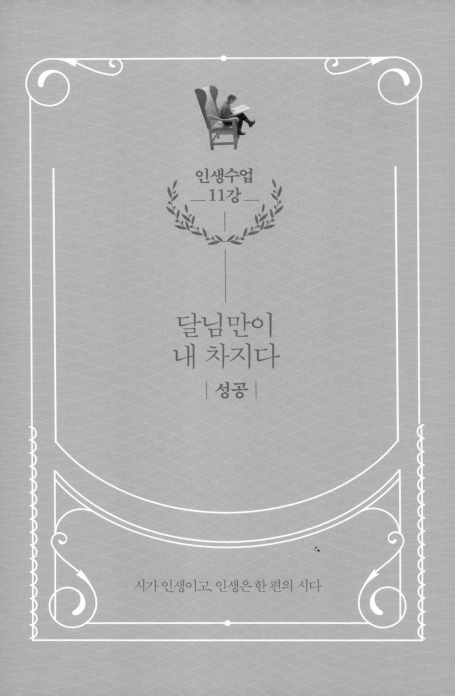

인생수업
__11강__

달님만이
내 차지다
| 성공 |

시가 인생이고, 인생은 한 편의 시다

「대숲 아래서」

1
바람은 구름을 몰고
구름은 생각을 몰고
다시 생각은 대숲을 몰고
대숲 아래 내 마음은 낙엽을 몬다

2
밤새도록 댓잎에 별빛 어리듯
그슬린 등피에는 네 얼굴이 어리고
밤 깊어 대숲에는 후득이다 가는 밤 소나기 소리
그러고도 간신이 사운대다 가는 밤바람 소리

3

어제는 보고 싶다 편지 쓰고
어젯밤 꿈엔 너를 만나 쓰러져 울었다
자고 나니 눈두덩엔 메마른 눈물 자국
문을 여니 산골엔 실비단 안개

4

모두가 내 것만은 아닌 가을,
해 지는 서녘구름만이 내 차지다
동구 밖에 떠드는 애들의
소리만이 내 차지다
또한 동구 밖에서부터 피어오르는
밤 안개만이 내 차지다

하기는 모두가 내 것만은 아닌 것도 아닌
이 가을,
저녁밥 일찍이 먹고
우물가에 산보 나온
달님만이 내 차지다
물에 빠져 머리칼 헹구는
달님만이 내 차지다.

이 시는 제 데뷔작입니다. 「풀꽃」이 아니었더라면, 이 시가 제 대표작일 뻔했습니다. 정말 다행이지요. 왜 그러느냐하면 대학원 나온 사람이 유치원 때 성적이 제일 좋으면 어떻겠습니까? 어쨌거나 이 시는 제게 시인이라는 삶을 선물한 시입니다. 물론, 이 시를 쓰기 전에도 시는 계속 썼습니다만, 열다섯 살부터 시를 썼는데 계속 지지부진했어요. 시로써 어느 정도 형식은 갖추었지만 어딘지 밋밋했습니다. 눈길을 사로잡는 뭔가가 부족했던 거죠. 비로소 이 시로 1971년 서울신문 신춘문예에 당선됐습니다.

그런데 이 시가 그냥 나온 것이 아닙니다. 제가 열아홉 살에 선생이 되어 2년 정도 선생 노릇을 하다가 군대에 다녀왔어요. 그런데 군대를 제대하고 복직하고 나니 결혼이 하고 싶어진 거예요. 복직한 학교에서 제가 2학년 1반 담임이었는데, 마침 2반 선생님이 너무 예뻐 보였습니다. 그때는 그냥 저 사람이 아니면 안 된다는 생각뿐이었어요. 그래서 데이트 신청도 하고, 프러포즈도 했습니다. 그리고 대차게 거절당했습니다. 집 앞까지 찾아가서 무릎 꿇고 애원도 해봤는데, 그냥 절대 안 된다는 거예요. 결국 마음에 병이 들었습니다. 몸도 많이 아팠어요. 그때 저희 아버지가 와서 저를 시골에 있는 고향 마을로 데리고 갔습니다.

아버지는 마지막 장면에 나오는 사람입니다. 드라마에서도 어머니나 형제자매들이 해결하지 못하면, 마지막에 등장하는 사람이 아버지입니다. 그건 저희 집도 마찬가지입니다. 보통 일들은 제 어머니와 해결을 하는데, 아버지를 찾는다는 것은 일이 원만하게 해결이 안 되었다는 의미에요. 병원으로 치면 마지막으로 가는 3차 병원, 그게 아버지라고 하는 사람이 등장하는 대목입니다. 그 정도로 제가 상태가 안 좋았어요. 그대로 아버지가 그런 저를 끌고 시골로 내려왔습니다. 딱 그대로 방에 콕 처박혀 죽고 싶은 심정으로 쓴 시가 이 시입니다. 그렇게 제가 알을 깨고 나와 시인이 됐습니다.

달걀이 진짜 '나'의 모습을 보여주려면 완전히 깨져야 합니다. 찐 달걀도 깨야 껍데기를 벗겨 먹을 수 있는 것처럼요. 그것처럼 제가 완전히 깨진 달걀처럼 확 터져서 널브러진 거예요. 그때 제 속에 있던 것들이 밖으로 다 나와버렸습니다. 그전의 저는 단단한 껍데기 안에 숨어 있었어요. 그 껍데기가 깨지면서 진정한 시인이 되었습니다. 이런 인생의 위기가 저에게는 몇 차례 있었고, 그래서 오늘과 같은 내가 되었습니다. 물리학자인 알베르트 아인슈타인(Albert Einstein)이 성공에 관해 이런 이야기를 했어요.

성공하는 사람이 되려 하지 말고
가치 있는 사람이 되라.

우리는 누구나 자신의 삶이 성공적이길 바랍니다. 그러나 흔히 생각하는 성공이란 어떤가요? 보통 모로 가도 서울로만 가도 된다며 과정보다는 결과적인 성공만을 이야기합니다. 하지만 아인슈타인은 정반대의 이야기를 하고 있습니다. 모든 사람이 성공하고 싶어 합니다. 저도 그랬어요. 선생 시절에는 교장이 되고 싶었고, 결국 이루지는 못 했지만 교육장도 되고 싶었어요. 누구에게나 이루고 싶은 목표가 있지만, 그것이 뜻대로 안 되어 답답해 합니다. 그렇다면 어떻게 해야 성공할 수 있을까요? 세계적인 베스트셀러 『그릿』의 저자 앤젤라 더크워스(Angela Duckworth) 교수는 성공에 대해 이렇게 말했습니다.

호숫가에 있는 카린
Karin By The Shore
1908

나는 오늘 하루
남을 이롭게 하며 살았는가?
오늘뿐만 아니라
내일 또한 그러하겠는가?

성공을 하려면 '그릿(GRIT)'이 있어야 한다.

'그릿'이라는 건 뭐냐? '끝까지 포기하지 않고 노력하는 열정'입니다. '끝까지' '포기하지 않고' '노력하는' '열정', 이 네 가지입니다. 절대로 포기하지 말고 끈기 있게 해내라는 말입니다. 더크워스 교수가 가장 경계했던 것은 하던 일을 계속하지 않고 자꾸 옮겨 다니는 것이었습니다. 시장에서 흥정할 때는 어느 가게의 가격이나 물건이 더 좋은지 계속 돌아봐도 괜찮아요. 하지만 인생에서는 그렇게 해서는 안 돼요. 하나를 잡으면 그것을 해낼 때까지 놓지 말아라, 끝까지 해내라 이 말입니다.

● 다만 너이기 때문에 가능한 것

예뻐서가 아니다

잘나서가 아니다

많은 것을 가져서도 아니다

다만 너이기 때문에

네가 너이기 때문에

_「꽃3」 중에서

제가 초등학교 교장을 할 때 전교생이 백 명도 안 되는 시골 학교로 많이 다녔습니다. 그런데 전교생이 40명인 학교에서 정말 깜짝 놀란 적이 있습니다. 전교생이 40명이라는 건 한 학급에 학생이 열 명 미만이라는 이야기입니다. 그런 학교에서는 1학년 때 학교생활 6년이 결정됩니다. 예를 들어, 노래 잘 부르는 사람이 누구냐고 물으면 아이들의 대답이 이미 정해져 있어요. 그 반에서 그 아이 하나만 노래를 부르고 나머지 아홉은 노래를 부르지 않는 거예요. 공부 잘하는 사람도 결정되어 있습니다. 그러면 노래를 잘하는 친구는 공부는 안 해요. 내게 재능 있는 분야와 역할을 한번 결정짓고 나면, 내 영역 밖의 일은 노력하지 않는 거예요.

이건 아주 심각한 문제입니다. '나는 원래 노래를 못 불러요.' '나는 원래 공부를 못해요.' 혹은 '나는 원래 노래를 잘해요.' '나는 원래 공부를 잘해요.' 그렇게 결정짓고 나면 마음이 편한 거예요. 못하는 것에 대한 면죄부를 스스로 주는 겁니다. 하지만 그건 아주 위험한 거예요. 자신의 재능을 찾아내고 믿는 것도 물론 중요하지만, 재능만으로 성공하는 것은 아닙니다. 더 중요한 것이 있어요. 더크워스 교수가 이런 공식을 냈습니다.

재능 × 노력 = 기술
기술 × 노력 = 성공

재능을 노력으로 갈고 닦으면 기술이 된다. 기술을 가지고 노력하면 그제서야 성공할 수 있다. 노력하고 또 노력해라, 그러지 않으면 성공할 수 없다. 이 뜻입니다. 노력하지 않고 뭔가를 이룬다는 허무맹랑한 꿈을 갖지 말라는 겁니다. 저는 이 나이가 되도록 끊임없이 뭔가를 베끼고, 읽고, 또 베끼고, 읽고, 씁니다. 다른 사람의 잘된 글을 꾸준히 부러워합니다. 모두가 시를 잘 쓰기 위해섭니다. 뭔가를 잘하기 위해서는 누구에게든 배워야 합니다. 김수환 추기경님이 이런 말씀을 했습니다.

귀리 깎기
Mowing The Oats
1915

세상에서 가장 지혜로운 사람은
누구한테서든지 배우는 사람이고,
세상에서 가장 부자인 사람은
자기가 가진 것에 만족하는 사람이고,
세상에서 가장 강한 사람은
자신을 이기는 사람이다.

자기를 이기는 사람이 가장 강하다. 저는 이 말이 맞다고
생각합니다. 사실 저도 저를 잘 못 이겨요. 약속 중에 가장
많이 어기는 약속이 나 자신과의 약속입니다.

● **나 자신과의 약속**

「잠들기 전 기도」

하나님
오늘도 하루

잘 살고 죽습니다
내일 아침 잊지 말고
깨워주십시오.

제가 쓴 저녁의 기도입니다. 날마다 이 기도를 읊습니다. 공짜로 되는 것은 없습니다. 노력 없이 되는 것은 도둑질입니다. 그건 자신에게도 좋은 일이 아닙니다. 노력하고, 노력한 끝에 뭔가를 이루었을 때 그것이 자신에게도 의미 있는 성공입니다. 아인슈타인의 말처럼 내가 가치 있는 사람이 되었을 때, 그 뒤에 성공은 저절로 따라옵니다.

제가 좋아하는 말 중에 '홍익인간'이란 말이 있습니다. 인간 세상을 널리 이롭게 하는 사람이 되라. 그 말이 얼마나 좋아요. 저는 주변 사람에게 도움이 되는 사람이 되고 싶어요. 젊은 시절에는 그것을 저도 몰랐습니다. 나 살기도 급급한데 어떻게 남까지 이롭게 하나. 그런데 나이가 들어 세상을 떠날 시기가 가까워 오니 이런 생각이 들어요. 나는 오늘 하루를 남을 이롭게 하며 살았는가? 오늘뿐만 아니라 내일 또한 그러하겠는가?

귀리 수확
Oat Harvest
1915

저는 젊은 시절에는 그저 열심히 하면 된다고 생각했어요. 우리집 아이들에게도 그렇게 하라고 가르쳤어요. 그래서 아이들이 많이 힘들어했습니다. 그런데 어느 날 인생관이 바뀌었습니다.

> 날마다 이 세상 첫 날처럼 아침을 맞이하고,
> 날마다 이 세상 마지막 날처럼
> 저녁을 맞이하면서 살자.

그 이후 한번 더 인생관이 바뀌었습니다.

> 밥 안 얻어먹는 사람이 되고,
> 욕 안 얻어먹는 사람이 되자.

저는 밥 얻어먹는 것이 불편합니다. 제가 사는 것이 마음이 편해요. 나 잘났다고 나이 먹은 사람이 젊은 사람에게 밥과 술을 얻어먹으면, 저녁에 "하나님 오늘 하루 잘 살고 죽습니다."라고 기도하고 잠들 수 있을까요? 그게 정말 가치 있는 인생일까요? 저의 성공은 어린 시절 제가 꿈꿨던 대로 사는 것입니다. 시 쓰는 사람이 되고 싶었는데, 그것을 이루었어요.

젊은 시절에 내가 되고 싶었던 사람이 늙어서 되는 것. 지금 나이가 젊다면, 원하는 사람이 되기를 소원하고 기도하십시오. 저도 그런 사람이 되기 위해 계속해서 가고 있는 중입니다.

인생수업
─ 12강 ─

멀리서
빈다

|죽음|

시가 인생이고, 인생은 한 편의 시다

「그리움」

가지 말라는데 가고 싶은 길이 있다
만나지 말자면서 만나고 싶은 사람이 있다
하지 말라면 더욱 해보고 싶은 일이 있다

그것이 인생이고 그리움
바로 너다.

인생이라는 게 지루하고, 따분하고, 깁니다. 그런데 또 살다 보면 허무할 정도로 빠르게 가는 것이 인생이지요. 어떤 때는 하루가 일 년 같이 지루하고, 어떤 해는 일 년이 하루처럼 빨리 가요. 이게 인생의 모순이고, 우리 삶의 근본이 아닐까 싶어요.

첫 시간에 나를 소개하는 이야기로 시작하여 이런저런 이야기를 담았지만 충분하지 않은 것 같습니다. 아쉬운 마음이 든다는 것은 이제 마지막 장이 가까워 온다는 뜻이겠지요. 이처럼 언제나 충분할 만큼 주어지지 않는 것은 우리 인생도 마찬가지 아닐까 생각합니다. 그래서 저는 주어진 하루를 열심히 살아내려 노력합니다. 왜 그러느냐 하면 이 세상에 제 남은 날들이 이제 얼마 안 남았다는 것을 알기 때문입니다. 그래서 하루를 금싸라기처럼 생각합니다. 이런 말이 있어요.

촌음시경(寸陰是競),
아주 짧은 시간이라도 귀히 여겨라.

촌음, 즉 마디에 있는 아주 짧은 시간, 그 빛, 그 시간, 그

그것이 인생이고 그리움,
바로 너.

스키 타는 여자
Skidloperskan
1911

삶을, 그 생명을 아끼라는 뜻이지요. 요즘 젊은 사람들을 보면 죽지 않을 것처럼 삽니다. 하지만 누구나 죽어요. 사람들은 이 지구가 영원할 거라 생각하며 살지만, 지구도 죽습니다. 지구에게도 죽는 날이 있어요. 우리 생명과 시간 개념이 달라서 그렇지, 지구에게도 종말이 있습니다. 모든 존재에게 종말이 있어요. 그래서 끝내는 이번 시간의 감회가 남다르게 느껴집니다.

● 가지 말라는데 가 보고 싶은 길이 있다

제 아들이 지금 마흔이 훨씬 넘었습니다. 그런데 이십 대 때는 그 아이도 말을 참 안 들었어요. 하지 말라면 더 하고, 가지 말라는 곳으로만 가고, 꼭 청개구리 같았습니다. 「그리움」은 그런 아들에게 보내는 시입니다. 너 도대체 왜 그러느냐, 왜 그렇게 하지 말라는 것만 골라 하느냐. 윽박지르고 달래면서, 그게 인생이고 그리움, 바로 너라고 말한 거예요. 그런데 이렇게 써 놓고 보니 우리 아들만 그런 게 아니라 저도 그렇더라고요.

열아홉 살에 제가 선생이 됐을 때 저희 아버지의 바람이 하나 있었어요. 제게 월급을 타 돈을 모으면 논을 하나 사 달라고 했습니다. 그런데 제가 그러지 못했습니다. 내가 쓰기 바빠, 논 사드릴 돈이 없었습니다. 우리 아버지는 시도, 글도 잘 모르시는 분이에요. 그런데 아들이 시 쓴다고 하니 허튼 짓하지 말고 공부나 하라며 화를 냈어요. 그런데 결국 제 뜻대로 시를 썼습니다. 그렇습니다. 제가 아들을 나무랐지만, 결국 저 또한 아버지의 아들이었다는 말입니다.

요즘 세수를 하고 거울을 보면, 우리 아버지가 거기 와 계세요. 그것도 늙은 아버지가요. 이게 누구인가? 다시 보면 저예요. 그럼 정말 깜짝 놀랍니다. 나는 어디 가고, 늙은 아버지가 왜 저기에 있는가? 이게 아버지와 아들의 관계입니다. 어머니와 딸의 관계이고요. 이건 제 아들도 마찬가지일 겁니다. 제 얼굴에서, 제 삶에서, 아버지인 저를 발견하고 느낄 겁니다. 그게 바로 인생이지요.

로버트 프로스트(Robert Frost)의 「가지 않은 길」이라는 시에 보면 이런 구절이 나와요. 숲속에 사람들이 많이 다니는

눈 속에서
In The Snow
1910

부디 아프지 마라.

넓은 길이 있고, 사람들이 안 다니는 좁은 길이 있는데, 자신
은 사람들이 많이 다니지 않은 그 길을 선택해서 인생이 달
라졌다는 이야기입니다.

> 인생에는 사람들이 많이 가 본 길과
> 사람들이 가 보지 않은 길이 있는데,
> 무엇을 선택하느냐에 따라 그 사람의 인생이
> 완전히 바뀔 수도 있다는 것이지요.

• 시는 인생이다

> 스스로 편안해져라
> 너 자신을 쉬게 하고
> 위로하고 기꺼이 용서하라
>
> 지난여름은
> 또다시 싸움판

힘든 날들이었다

질문을 하나 해보겠습니다. 전 생애를 보통 유소년기, 청
년기, 장년기, 노년기 이렇게 나누는데, 어느 때가 좋아야 진
정 좋다고 생각하십니까? 달리기 경주를 할 때 출발과 중간
지점까지는 1등으로 달렸는데, 피니시 라인 바로 앞에서 삐
끗하여 3등이 되었다고 칩시다. 그게 1등한 것과 같다고 할
수 있을까요? 같은 논리입니다. 유소년기, 청장년기 모두 좋
고 화려했습니다. 하지만 노년기가 좋지 않았다면, 진정 좋
은 인생이라 할 수 있을까요?

저는 끝이 좋아야 한다고 생각합니다. 시작과 중간도 중
요하지만, 가장 중요한 것은 언제나 마지막입니다. 저는 시
를 쓰고 있습니다만, 시인이 된 것은 아닙니다. 제가 죽어 이
세상 사람이 아니게 됐을 때, 비로소 시인이 될 수 있습니다.
그런데 왜 갑자기 인생 이야기를 하다 시 이야기를 하느냐.
시가 바로 인생이기 때문입니다. 앞에서 이야기했던 시 「풀

꽃 1」에 비유해 보겠습니다.

> 자세히 보아야 예쁘다 → 유소년기
> 오래 보아야 사랑스럽다 → 청년기, 장년기
> 너도 그렇다. → 노년기

이 시에서 가장 중요한 대목이 '너도 그렇다.'라고 첫 시간에 이야기했습니다. 시에서 가장 중요한 건 반전과 변용입니다. 반전은 가던 길을 돌아서서 확 달라지는 겁니다. 변용은 얼굴을 바꾸는 거예요. 자세히 보아야 예쁘다, 풀꽃이. 오래 보아야 사랑스럽다, 풀꽃이. 그런데 너도 그렇다, 여기서 사람을 향합니다. 이 시의 가치가 이 구절에 있는 것은 그런 이유입니다. 「그리움」이란 시를 다시 한번 보겠습니다.

> 가지 말라는데 가고 싶은 길이 있다 → 유소년기
> 만나지 말자면서 만나고 싶은 사람이 있다 → 청년기
> 하지 말라면 더욱 해보고 싶은 일이 있다 → 장년기

그것이 인생이고 그리움

바로 너다. → 노년기, 인생 후반부

달리기할 때도 피니시 라인에서 1등한 사람이 진짜 1등이
라고 말했지요. 그래서 시든, 인생이든, 후반부에는 반전과
변용이 있어야 해요. 모든 좋은 인생이나 성공한 사람들의
이야기에는 후반부에 반전과 변용이 있었습니다. 노년기가
좋았더라, 그러니까 나중이 좋았더라는 겁니다.

여러분, 더크워스 교수의 충고처럼 지금 상황이 조금 나쁘
더라도, 생각처럼 일이 잘 안 풀리더라도, 인생 후반부에 진
짜 좋은 날이 올 거라 기약하면서 한 우물을 파보면 어떨까
요? 계속해서 포기하지 않고 그냥 가 볼 수는 없을까요? 티
베트 속담에 이런 말이 있습니다.

아홉 번 실패했다면, 아홉 번 노력했다는 말이다.

아주 귀한 말입니다. 그러니 한번 더 시작은 못하겠는가?
한번 더 해 보시라는 말입니다. 우리 포기하지 맙시다. 우리

선드본의 겨울, 시골집
My Country Cottage In Winter, Sundborn
1904

인생 후반부에 좋은 일이 있을 거라 믿고 가 봅시다.

마지막 한고비 너머에 진경이 있는데,
그 앞에 멈춰 서서 돌아가 버리면
얼마나 안타까운 일인가요?
그러지 말고 마지막까지, 숨이 차고 다리가 아프고
지치고 포기하고 싶어도 끝까지 가 봅시다.
그렇게 부탁드리고 싶어요.

● **시도 인생도 변용이 중요하다**

「**멀리서 빈다**」

어딘가 내가 모르는 곳에
보이지 않는 꽃처럼 웃고 있는
너 한 사람으로 하여 세상은
다시 한 번 눈부신 아침이 되고

어딘가 네가 모르는 곳에
보이지 않는 풀잎처럼 숨 쉬고 있는
나 한 사람으로 하여 세상은
다시 한번 고요한 저녁이 온다

가을이다, 부디 아프지 마라.

이 시에서도 마지막 구절이 핵심입니다. 바로 이겁니다. 인생의 후반부에, 노년기에 반전과 변용이 온다는 겁니다. 유소년기, 청년기, 장년기…… 앞부분은 다들 얼마나 아름답고 화려합니까. 하지만 정말로 좋고 가치 있던 모든 것들도 끝이 좋지 못하면 아무런 소용이 없습니다. 주변에 끝이 좋지 않은 사람들을 가끔 봅니다. 그러니 우리는 늙어서 잘 살아야 하고, 저녁때 마무리를 잘해야 하고, 헤어질 때 잘 헤어져야 합니다. 인생 후반부가 중요합니다. 노년기가 중요합니다. 시에서도 끝부분이 중요합니다. 그 끝에 여러분의 인생에도 반전과 변용이 있기를 바랍니다.

　박용철이란 시인이 「시적 변용에 대해서」라는 글에서 이런 이야기를 했습니다. 시에서는 변용이 중요하다. 이것에서 저것으로, 전혀 다른 것으로 바뀌는 것이 변용입니다. 변할 변(變), 얼굴 용(容)자입니다.

'사별삼일 즉당괄목상대(士別三日 卽當刮目相對)'라는 말이 있습니다. 선비가 서로 보지 않고 있다가 삼 일 만에 만나면 상대방이 눈을 부릅뜨고 볼 정도로 달라져 있어야 한다는 말입니다. 그렇게 매일 새롭게 변하는 사람이 되어야 한다는 겁니다. 저 사람이 이런 사람이었어? 뭔가 달라졌는데? 이렇게 다른 사람들에게 놀라움을 주는 사람이 되라는 겁니다. 당신의 인생에도 그런 변용이 있길 바랍니다.

이렇게 마지막 장까지 저와 함께 해주셔서 감사합니다. 열두 번의 제 이야기를 들어주셔서 감사합니다. 우주 안에 오직 하나밖에 없는 내 집, 지구에서 훌륭하게 잘 사시다가, 오래 남아 잘 살다 오시길 바랍니다. 지구를 잘 부탁합니다. 고맙습니다.

우리 함께 가요

　우리가 사는 지구에는 수없이 많은 사람이 삽니다. 그 많은 사람 하나하나는 원래는 하늘의 별 하나하나였습니다. 그 별 하나하나가 지구로 내려와서 사람이 된 것이지요. 그러므로 우리는 하나하나의 별로서 자랑과 사랑과 가치를 가지면서 살아야 합니다.

　모두가 크고 우람할 필요는 없습니다. 눈부시게 반짝이며 빛날 필요도 없습니다. 하늘의 별들을 보십시오. 어떤 별은 어둑하니 안으로 빛을 숨기고 있을 것이고, 어떤 별은 보일 듯 말 듯 반짝이기도 할 것입니다. 더러는 빛을 숨기면서 보이지 않는 별들도 있을 것입니다.

　예쁘고 사랑스럽고 작은 바람에도 설레는 맑은 샘물 같은 당신. 우리 함께 손잡고 가요. 앞서거니 뒤서거니 멀리까지 가요. 당신은 당신만큼 반짝이고 나는 또 나만큼 반짝이면서 가다가 보면 언젠가는 서로가 정답게 만나기도 할 것이고, 우리 모두의 평화로운 나라를 이루기도 할 거예요. 그날까지 우리 함께 가요. 지치지 말고 가요.

스스로 편안해져라
너 자신을 쉬게 하고 위로하고
기꺼이 용서하라

나태주의 풀꽃 인생수업

1판 1쇄 발행 2025년 4월 28일
1판 2쇄 발행 2025년 5월 19일

지은이 나태주
발행인 황민호

본부장 박정훈
책임편집 최경민
기획편집 김선림 신주식 윤혜림
마케팅 이승아
국제판권 이주은
제작 최택순 성시원

발행처 대원씨아이㈜
주소 서울특별시 용산구 한강대로15길 9-12
전화 (02)2071-2019
팩스 (02)749-2105
등록 제3-563호
등록일자 1992년 5월 11일

www.dwci.co.kr

ISBN 979-11-423-1553-4 03810